Miřenka Čechová

Tote Schwäne tanzen nicht

Miřenka Čechová

Tote Schwäne tanzen nicht

Aus dem Tschechischen
von Julia Miesenböck

ANTHEA

Tanzstunde und Träume

Und eins, und zwei, und drei, und vier. Der Korrepetitor hämmert wie wild in den schwarzen Petrof, und es ist ihm völlig egal, dass du gerade mit jedem Millimeter deines Körpers deine Seele verkaufst. Du präsentierst sie dem abwesenden Blick der Meisterin, öffnest die Schale, lässt Dämonen ein, und schießt deinen Verstand bis über den Horizont hinaus.

Er spielt immer dieselben Schnulzen, als wärt ihr dressierte Äffchen, und es ist ihm schnurzegal, welches Motiv er zitiert. Jetzt gerade eins aus dem zweiten Aufzug von Tschaikowskis Dornröschen, gleich darauf eins aus Giselle. Ihr alle seid schlafende Prinzessinnen, um acht Uhr morgens. Einheitsdress, Einheitsstrümpfe, Einheitsschläppchen, Einheitsdutt, Einheitslächeln, Einheitsschicksale zukünftiger Loser. Einheitsdeprimierte arme Seelchen, die sich für den Rest ihres Lebens damit abmühen werden, sich selbst als vollwertige Menschen zu betrachten.

Giselle ist unglücklich verliebt, sie wird wahnsinnig und stirbt, wird zu einer Fee, die nachts Menschen in den Tod tanzt. Und fünf, und sechs, und sieben, und acht. Ein weiß bauschendes Kleid, sie sieht aus, als würde sie schweben, über der Erde levitieren. Sie dreht sich im Kreis wie ein Medium, wie das Schirmchen einer Pusteblume. Du wirst tanzen bis du stirbst, du opferst dich für die Liebe. Pause.

Demi-plié. Erste, zweite, vierte, fünfte Position, Gleitschritt, Vorbeuge, Rückbeuge, Attitude auf halber Spitze, halten, die Stange loslassen, Balance! Nicht umfallen. Konzentrier dich! Halten! Hinteres Knie höher rauf, Spann nach außen, alles muss in einer Linie sein, Schulterblätter enger zusammen, die halbe Spitze höher, Wade nicht verkrampfen! „Lächeln Nummer zwölf", fügt die Professorin hinzu, als sie sieht, dass ihr alle rot anlauft, denn in dieser Position, auf einem Bein, auf der Fußspitze, das andere Bein hoch nach hinten in die Luft gestreckt, tut euch alles weh. Ihr verharrt schon zwei Minuten so, ihr zittert, die Halsadern angeschwollen, die Zähne zusammengebissen, der Rücken verkrampft, bis eine von euch es nicht mehr aushält und eine Hand auf die Stange legt. „Habe ich was von Abstützen gesagt?", kreischt die Professorin.

Inzwischen schwellen eure Stirnadern an und eure Schläfen pochen. Du bist Giselle, hast dich unglücklich verliebt und stirbst. Drehung und Battement tendu, die alte Kombination von gestern. Viermal vor, zwei Triolen, im Plié beenden, dasselbe zur Seite, rückwärts und wieder zur Seite. Warum zweimal zur Seite? Deine Fußsohle ist ein Bügeleisen, du bügelst dein Hochzeitskleid. Das Plié drückst du nach unten, als würdest du in dein eigenes, schlecht zugeschaufeltes Grab stürzen, du beugst dich vor, als würdest du das Bewusstsein verlieren und dem Wahnsinn verfallen, als würdest du den letzten Funken Leben aus deinem Körper holen.

Sieh zu, dass du stabil bleibst! Und dann Cloche, Cloche, Cloche. Du bist ein Clochard, obdachlos, ein Lappen, ein fahles Bündel ohne Energie. Schönheit im Leiden. Du hältst alles aus, der weiße Akt bei Giselle ist der schönste, auch bei Schwanensee. Der Auftritt der Feen, aller Jungfrauen, die vor der Hochzeit sterben mussten, in weißen, langen, durchsichtigen Schleiern. Du siehst sie durch den weißen Rauch. Imaginäre Wesen, wie ein leichter Wind, wie gerupfte Schwanenfedern, ihre Schritte sind lautlos, sie haben keinen Kontakt zum Boden. Myrtha ist die Königin. Die Feenkönigin. Rond de jambe par terre. Alles dreht sich, wiederholt sich hundertmal, ein täglicher Kreislauf, immer dasselbe. Ronde de jambe en l'air.

Beim Kreisen das Bein nur unterhalb des Knies bewegen, in der zweiten Position wird deine Hand ganz steif, weil du sie in der Luft abstützten möchtest. Dann mit dem Bein in die andere Richtung kreisen, alles hundertmal, tausendmal. Mechanische Bewegung, wie ein Mixer, ist das zäher Pudding, oder doch Pariser Pâté? Battement frappé. Du klopfst das Fleisch auf deinen knochigen Waden. Flex und zurück, wie wenn sich Charlie Chaplin nach dem Fahrradfahren die Hose putzt. Diesen Ölfleck wirst du in den zwanzig Jahren deiner Karriere einfach nicht los. Mit zehn beginnst du, mit dreißig hörst du auf. Wie viel Zeit bleibt dir noch? Diese weißen Heldinnen opfern sich immer für die Liebe. Und leiden dann darunter. Sie leiden gern und oft, immer für einen Mann, nie wegen eigener Ambitionen oder zum eigenen Vorteil. Wunderbare Opfer sind das, graziös sterben sie, zart, einen sinnvollen Tod, immer mit Musik, grandios und bei tosendem Applaus. Jetzt kommt das Adagio. Höhepunkt der Eleganz, Schwierigkeitsstufe zehn. Jetzt noch ein Arbeitslager, ein Märtyrerrad inmitten der Wüste, ein Wagen voller Gold, der anstatt von Pferden von dir selbst gezogen wird. Giselle ist längst tot.

TAGEBUCHEINTRAG

Klar, im Internat muss unsere Etage durch ein Gitter von den anderen abgetrennt sein. Angeblich soll uns das vor Gefahren schützen. Na sicher! Und dass unser Problemzimmer direkt über dem Zimmer von den Erzieherinnen liegt, schützt uns bestimmt auch. Die Grauert ist zum Glück total naiv: „Die Räucherstäbchen, die ihr da habt, riechen aber gut!“ Dabei haben wir Gras geraucht. Aus dem Chapeau Rouge. Gutes Zeug, besser als so Selbstgezüchtetes.

Dispositionen

Deine Dispositionen für eine erfolgreiche Zukunft werden sorgfältig geprüft. Sie werden vielen Untersuchungen unterzogen, ihr werdet einer fachlichen Kommission vorgeführt und von vorne, von hinten, von unten, auf dem Boden liegend und auf einem Bein stehend begutachtet. Die Meister überprüfen deine Hufe, ob sie auch die richtige Form haben und ästhetisch genug aussehen. Sie drehen deine Beine in die unterschiedlichsten Richtungen, damit sie herausfinden, was du alles aushältst. Du musst dich nackt ausziehen, sie messen, wie groß du bist und wie viel du wiegst, und mit einem speziellen Metallgerät prüfen sie dein subkutanes Fett.

Ein Arzt macht sich mit ner Metallzange an die Haut an deinen Oberschenkeln, deinem Hintern, deinem Bauch, an den Ellbogen und am Rücken, und du füllst ein Formular aus und schwörst, dass die Angaben über Gewicht und Körpergröße deiner Eltern der Wahrheit entsprechen. Na und dann darfst du auch nicht hässlich sein, darfst keine sichtbaren Narben im Gesicht haben, kein großes Muttermal, darfst nicht schielen, keine Hasenscharte haben, alles in allem kein asymmetrisches Gesicht.

Die Gesichter von Ballerinen sind exakt geformt: hohe Stirn, große Augen, lange Schwanenhälse, keine Brüste, kein Hintern, keine Oberschenkel, aber elendslange

Beine, lange Arme und schöne lange Finger, und das Einzige, was groß sein muss – und je größer, desto besser – ist der Spann. Ein hoher, runder Spann ist das A und O deiner gesamten Karriere. Ein hoher Spann macht eine schöne Linie und lässt deine Füße ästhetisch aussehen. Das sind von der Natur gegebene Pluspunkte. Die entscheiden zwar nicht darüber, wie viele Pirouetten du drehst, sorgen aber für geistige Stabilität, beeinflussen jede Abschlussprüfung, deine Rollen bei Schulaufführungen, deinen Platz in der Klassenhierarchie und sogar das Beliebtheitslevel bei den Professoren in den Hauptfächern, ausgenommen Tschechisch. Was machst du alles für das richtige Aussehen?

Vor dem Tanzunterricht helfen dir deine Mitschülerinnen, bei denen du gerade nicht auf der schwarzen Liste stehst, die keine Feiglinge sind und auch nicht mit dir rivalisieren (also bleiben da maximal zwei übrig). Sie setzen oder stellen sich auf deinen Fußrücken und du sagst: „Noch stärker! Fester zudrücken!“, und dann setzt du dich auf ihren Fußrücken, denn das ist das einzige Geheimrezept, damit er höher wird. Frau Professor Husová sagt, ihr sollt mit der Faust auf den Fußrücken schlagen, und zeigt euch, wie das geht.

Wenn du zu Hause bist, musst du die Füße unter den Schrank oder unters Klavier stecken, und wenn du sie mehrmals täglich umknickst, gibt der Knochen irgendwann nach und nimmt allmählich die vorgeschriebene Form an. Wenn der Spann Alpha und Omega bedeutet, dann steht die perfekte Figur für Endlosigkeit. Endlose, lebenslängliche Anstrengung, endlos arbeiten, sich endlos konzentrieren, endloser Stress und ein endloses Thema, mit dem du dich täglich befasst. Mit zehn wickelst du dich in Plastiktüten ein, ziehst eine dicke Strumpfhose, Wollstulpen, eine Jogginghose, zwei Sweatshirts und eine Daunenjacke an und läufst die Treppen des Internats auf und ab, fünf Etagen rauf, fünf Etagen runter, bis deine Oberschenkel zittern und du Seitenstechen hast.

Mit elf hörst du auf, das zu essen, was sie in der Schulkantine und im Internat servieren. Mit zwölf verwendest du dieses Schlankheits-Gerät, das im Gemeinschaftsraum vom Internat steht. Es sieht aus wie ne Waage, hat aber so nen Gurt, den du dir um den Hintern, um den Bauch und um den Rücken legen kannst. Und der Gurt bewegt sich dann und ist dabei wahnsinnig laut und soll das ganze Fett aus dir herausschütteln. Mit dreizehn fängst du mit dem Rauchen an, weil das hilft gegen den Hunger, mit vierzehn hältst du die unterschiedlichsten Diäten, isst nur noch Fatburner-Suppe, mit fünfzehn isst du nur mehr Obst und Müsliriegel, mit sechzehn entdeckst du Abführmittel, mit siebzehn fängst du an mit dem Erbrechen, mit achtzehn isst du kaum noch was, denn du willst auf die Bühne und da kommst du garantiert nicht hin, wenn deine Figur nicht passt.

Montag Früh wird immer gewogen. Vor Unterrichtsbeginn steigt die ganze Klasse auf die Waage, vor den Augen der Professorin für Klassisches Ballett, und die notiert alles sorgfältig. Ob du nicht etwa zugenommen hast. Und wenn ja, dann bekommst du Tadel und den Ratschlag „Damit musst du was machen", oder gleich die Drohung, dass dich beim Paartanz niemand hochheben wird, du eine schlechtere Note oder halt auch Bühnenverbot bekommst. Nur: an den Brüsten nimmst du einfach schwer ab. Die anderen binden sie ab, um nicht „wie ein

Truthahn“ oder „aufgebläht“ auszuschauen, das sagen sie über Aneta, oder damit sie in das zwei Nummern zu kleine Kostüm passen, und manchmal fällt eine von euch in Ohnmacht, weil sie einfach nicht mehr atmen kann. Káča sagt, wenn sie mal alt ist und nicht mehr tanzen wird, lässt sie sich Brüste aus Silikon machen, so wie ihre Mama auch, denn sie will schon mal wissen, wie das ist, wenn ihr alle in den Ausschnitt gaffen.

Trip ins Nirgendwo

Mit zittriger Schrift, du selbst kannst sie nicht lesen, schreibst du immer wieder deinen Namen. Um nicht zu vergessen, wer du bist. Du verlierst dich selbst, bist dir nicht mehr sicher, wie du heißt; die Schrift zerfällt und ist unlesbar, und du nimmst dein Handy und rufst beliebige Leute an, deren Nummer du eingespeichert hast, um zu hören, wie sie zu dir sagen. Man nennt das nen Bad Trip, und mit sechzehn ist das nicht grad ideal.

Jemand hat dich in einer Kellerwohnung mit Gittern vor den Fenstern eingesperrt. Davor liegt ein Gehsteig, und im Licht der Straßenlampen siehst du nur Schatten von vorbeihuschenden Schuhen, die dich einmal alle heiligen Zeiten wissen lassen, dass da draußen noch ne Welt existiert, denn die Welt hier hat aufgehört zu existieren. Das Draußen ist in diesem Moment richtig bedrohlich und es besteht die Gefahr, dass es hereinkommt, in diese unterirdische Zelle mit nem Badezimmer voller schwarzer Witwen, denn so siehst du diese harmlosen Weberknechte in dem Moment, sie schmücken die feuchten Wände wie langbeinige Blumen.

Auf einmal ist alles zersplittert, so wie der zerbrochene Spiegel im Tanzsaal, gegen den Bára einmal gelaufen ist, als wollte sie rituellen Selbstmord begehen mit dem Gegenstand, in den ihr acht Jahre lang verpflichtend viermal täglich reinglotzt. Dein Spiegelbild wird dir unter die

Haut graviert, tätowiert, wie zum Zeichen deiner Unvollkommenheit. Immer noch bist du nicht gut genug, immer noch musst du dich mehr anstrengen, mehr arbeiten, immer noch bist du ne Null, na schau dich doch an, siehst du das nicht? Du Lahmarsch! Dein Bild in Scherben, dein Name unlesbar, ganz verschwommen in der Spalte „Heute auf der Bühne“. Ein Bad Trip. Zersplitterte Identität. Wer zum Teufel bin ich? Und was zum Teufel soll ich tun? In diesem Moment, heute, morgen, in zehn Jahren?

Sie nehmen dir den Glauben, nehmen dir den Mut, das Selbstbewusstsein, die Individualität. Sie reduzieren dich auf ein produktives, roboterhaftes Spielzeug. So wie alle anderen auch. In jedem Splitter siehst du ein anderes Stück von dir selbst: Ein mentales Waisenkind, das, damit es weniger wehtut, die Eltern aus dem Leben gelöscht hat. Ein perfekt trainiertes Zirkushündchen, das Dinge kann, die alle zum Klatschen bringen. Eine Verzweifelte, die immer noch Jungfrau ist, denn der Gedanke an einen männlichen Körper jagt ihr Angst ein. Ein intellektueller Loser, unfähig, mit ihren sechzehn Jahren Bruchzahlen zu addieren. Ein Klassenclown, der immer ins Extrem geht, immer bis an die Grenze, und dann heimlich heult, oder eine in Selbstgeißelung rebellierende Teenagerin, die ersticken möchte, indem sie diese fiese Freiheit verschlingt.

Im letzten Splitter bist du die Auserwählte, die auf den obersten Beleuchtungsbalken direkt unter der goldenen Kuppel stehen und sich von dort den zweiten und vierten Akt aus Schwanensee anschauen darf. Man nennt sie auch weiße Akte. Wegen der weißen Tutus. Von da oben sehen die Tänzerinnen aus wie weiße Untertassen, tief unter dir wuseln sie herum, wie beim Hütchenspiel, und du verspürst ein riesiges Glücksgefühl, und würdest nie und nimmer auf die Idee kommen, dich ein klein wenig mehr nach vorn zu beugen und absichtlich das Gleichgewicht zu verlieren.

Du bist eine von ihnen, und das Gleichgewicht verlierst du erst später, wenn du gestresst bist und bei den Pirouetten genau in dem Moment hinfällst, wenn alle zuschauen. Aber jetzt bist du in dieser Kellerwohnung eingesperrt und weißt gar nicht, dass du dich hier selbst eingeschlossen hast, nachdem ihr im Stadtwald in Bohnice gewesen seid. Du zitterst, dein Körper zuckt, denn du hast Fieber, und das zeichnet dir ein schauderhaftes Bild deiner selbst und deines nicht existierenden Lebens, als wär heute dein allerletzter Tag, und danach kommt nix mehr. Verschwitzt, in Todesangst, ausgezehrt, heulend, ohne die geringste Spur einer eigenen Stimme, denn die ist schon vor sechs Jahren verstummt und röchelt jetzt nur noch, rufst du in der Schule an.

Es dauert eine dreiviertel Stunde, bis du die Nummer endlich gewählt hast, denn du kannst sie nicht richtig eingeben, verstehst sie nicht, und davor hast du die ganze Nacht lang ne glaubwürdige Ausrede einstudiert. Oder hat das nur ne Stunde gedauert? Die Zeit ist zerfallen, zusammen mit dir, und du flüsterst ins Telefon, dass du krank bist. Vielleicht glaubt man dir. Du selbst glaubst dir nicht, obwohl du krank bist. Schauder, Angst, innere Schmerzen machen dich krank, weil du dich anspannst und streckst, bis du zerplatzt, und weil du dich selbst zerstörst, denn das können die in der Schule ausgezeichnet, dass sie die schmutzige Arbeit dir überlassen. Die Vision weißer, trippelnder Untertassen beflügelt die vollkommene Zerstörung deines Ich. Noch darfst du nur Statistin im dritten Akt sein, die Beine unter einem bodenlangen Kleid versteckt, und den Helden vorschriftsgemäß anlächeln, der für die romantische Liebe kämpft, für ein Ideal, das du nicht hast.

L-S-D. Vor deinen Augen flimmert es. Du bist eine Gans, kein Schwan. Dass du dir das einwerfen musstest! Dich mit den anderen streiten und dich dann in dieser fremden Wohnung einsperren musstest. Du hast Angst, ins Badezimmer zu gehen. „Nimm einen Superman, fühl dich wie Superman." Du wolltest probieren, ob das funktioniert. Nicht die Bohne. Ein Bad Trip. Morgen gehst du aber trotz allem in die Schule und stellst dich vor den Spiegel, in dem dein Gesicht zu nem kubistischen Gemälde zerfällt, trotz allem wirst du die Beine wie alle anderen schön hochheben und sie an den Kopf halten, bis du zu zittern beginnst, du wirst hohe Jetés springen, höher als die anderen, und eine Sekunde länger in der Luft sein, damit der Fotograf den Auslöser drücken kann, und dann zweiunddreißig Fouettés drehen, wenn auch nach links und nicht so gut wie gerade eben die schwarze Odile im dritten Akt. Du kannst auch ja gar nix anderes. Du bist gar niemand anders. Und wenn du das hier verlierst, hast du gar nix mehr.

TAGEBUCHEINTRAG
(in der Schlange vor dem Telefon)

Heute hab ich bei Rat auf Draht angerufen. Ich wollte, dass Pädagogische Praxis ausfällt. Dem Chlebeček hab ich gesagt, dass ich meine Eltern anrufen muss. Ich hab mich gehen lassen, wie immer. Kurz hab ich überlegt, ob ich ne Bombe melden soll, aber letztes Mal gabs deshalb echt Anschiss und der Unterricht ist gar nicht ausgefallen. Dominika hat mir gesagt, dass man die Sicherungen ausschalten kann. Das müssen wir morgen mal ausprobieren.

TAGEBUCHEINTRAG

Was wir tun sollen: jeden Tag sauber machen, den Boden wischen, Staub wischen, den Müll raustragen, jeden Mittwoch das Bettzeug auslüften, alle vierzehn Tage die Bettwäsche wechseln, jeden Abend die Noten melden, jeden Donnerstag Klavier üben, jeden Sonntag das Mitteilungsheft mit der Unterschrift der Eltern abgeben, den Erzieherinnen gehorchen, die älteren Schülerinnen grüßen. Was wir meistens tun: streiten, uns gegenseitig das Essen stehlen, wenn eine mal was hat, auf das Regal im Pausenraum klettern und uns gegenseitig runterwerfen, vor dem Spiegel die Beine strecken und Figuren trainieren, Spezialitäten aus Asia-Instant-Suppen zusammenpanschen, Sachen verstecken, uns Fallen für die Tanten ausdenken, auf dem Klo rauchen, den alten Portier nerven und die älteren Schülerinnen ausspionieren, damit wir was über Sex erfahren.

TAGEBUCHEINTRAG

Das ist wie bei den Irren. Zwei Lenkas, zwei Báras, zwei Káčas, zwei Sylvas, eine mit i, zum Glück. Mich würde echt interessieren, ob sie die absichtlich zu zweit aufgenommen haben. Damit die eine die andere ersetzt, wenn sie ausfällt. Das Peinlichste ist: die Namenszwillinge sitzen sogar nebeneinander und beim Tanzen stehn sie hintereinander. Für die Professorinnen ist das von Vorteil. Sie brüllen: Lenka, dreh das Bein raus, und gleich zwei tun es.

TAGEBUCHEINTRAG
(auf dem Klo im Internat)

Jemand hat mir in der Nacht Zahnpasta in die Haare geschmiert! Arschlöcher! Aneta zupft sich die Achselhaare mit ner Pinzette, das ist vielleicht widerlich! Ich muss mir überlegen, was ich morgen in die Schule anziehe. Eva hat meistens meine Sachen an. Ja, und Petr hat mir ein Eis gekauft und mir gesagt, dass er adoptiert ist. Oh Gott! Alle haben sich für meine Noten interessiert, aber dass die Unterschrift von meinem Papa gefälscht war, ist niemandem aufgefallen. Die eine Schnepfe hat sich aufgeregt, angeblich hätten wir nen Saustall. Dann ist die Grauert gekommen und hat mit Spucke auf den Finger vorgezeigt, wie die Flecken auf dem Boden weggehen. „Wenn man will, dann geht es.“ Wir wollen aber nicht.

D-Day

Du bist zehn, und deine vielversprechende Zukunft beginnt jetzt. Auf Zimmer 203 sind vier weitere zehnjährige Mädchen mit vollgepackten Sporttaschen. So viel Hoffnung. So viele Erwartungen. Tu-du dum-tum. Den Teddybär aufs Regal über dem Bett, ins Nachtkästen dann das Nähzeug, Pflaster, Mentholbalsam, Spitzenschuhbänder, Seife in einer Plastikbox und das Kosmetiktäschchen. Asia-Instant-Suppen und Müsliriegel kommen ins Fach auf dem Gang, mit nem Vorhangschloss, so wurde es euch empfohlen. An der Ausgabe bekommt ihr Bettwäsche zugeteilt, ne Decke und Essensmarken fürs Abendessen, das nach einem Monat keine mehr anrührt. Die Schlange vor dem Telefon im Erdgeschoss ist schon richtig lang. Für den Apparat braucht man ne Wertkarte, und er ist ständig überlastet, und darüber hängt ein Schild: Gespräche auf max. 10 min beschränken.

Im Internat gehts zu wie in nem Taubenschlag. Eltern kommen mit dem Auto, bringen ihre Töchter, winken zum Abschied, stehen am Eingang bei diesem Perversling von Portier, der später beim Gummihüpfen mitmacht, oder sie sind im ersten Stock und unterschreiben Dokumente, mit denen sie die Verantwortung für ihre minderjährigen Kinder einer staatlichen Einrichtung übertragen. Langsam füllst du das Mitteilungsheft aus, das von Montag bis Freitag dein Leben kontrolliert, nicht aber am

Wochenende, weil da ist das Mädcheninternat zu, obwohl ihr Unterricht habt.

Du prüfst, ob nicht eine deiner neuen Mitbewohnerinnen schnieft oder rot wird, weil sie die Tränen zurückhält. Ja, gleich zwei werden rot. Das ist ein Zeichen von Schwäche, es bestimmt, wers hier aushält und wer nach ein paar Monaten aufgibt. Und noch ein verlorener Traum, noch ein enttäuschtes Seelchen, das Schiss bekommt. Tu-du dum-tum. Du verstehst nicht, warum sie weinen, grad beginnt doch das allergrößte Abenteuer in deinem bisher ziemlich kurzen Leben, und wenn du durchhältst, wird alles ganz anders als bisher, dein Denken, deine Weltanschauung, und vor allem dein Körper, deine Persönlichkeit, kurz und gut dein Schicksal. Schon jetzt wirst du jemand anders.

Handbuch des Überlebens

Vergiss das Sandmännchen und hör ab jetzt Tschaikowski. Nach und nach probierst du von den Regeln eines zukünftigen Künstlerlebens. Nimmst du deinen Monchhichi-Teddy mit, bist du bei den anderen unten durch. Du gehst auf eine Eliteschule. Hast drei Auswahlrunden absolvieren müssen und ne ärztliche Untersuchung, bevor man dich aufgenommen hat. Deine Eltern mussten sogar lügen, dass sie weniger wiegen und kleiner sind. Du darfst nicht zu viel wachsen. Große Ballerinen sind tote Ballerinen (übrigens, eine deiner zukünftigen Professorinnen, die einzig große, wird später erfolgreich aus dem Fenster springen). Und vor allem darfst du nicht dick werden. Also, ab jetzt keine Süßigkeiten mehr, keine Knödel, nix Selbstgekochtes von Mama, auch nicht am Wochenende. Bis zu deinem zehnten Lebensjahr hast du in nem echten Paradies gelebt.

Aber jetzt ist Schluss mit der Verhätschelung. Jetzt beginnt die Wirklichkeit. Jetzt heißt es schuften. Schon jetzt gehörst du zur Elite. Achte auf die Qualität der rosa Feinstrumpfhosen und darauf, wie durchsichtig deine weißen Dresse sind. Feinstrumpfhosen nur bei Grishko kaufen. Da arbeitet diese alte Russin, die dich beim Anprobieren in den Hintern zwickt, damit du das wabblige Fleisch anspannst. Und lass dir jedes weiße Dress füttern, du bist ja schon zehn, denn sonst sieht man bald deine Brüste, die wachsen in den nächsten zwei Jahren, und du wirst dich, wenn sie klein sind, furchtbar dafür schämen, und wenn sie größer werden, schämst du dich noch mehr und bindest sie ab, bis du fast keine Luft mehr bekommst. Und vergiss nicht, dass du im weißen Dress bestimmt keine Binde versteckst. Zum Glück macht die Menstruation noch ein paar Jahre nen großen Bogen um dich. Noch musst du nicht jammern, wenn du dir auf der Toilette den Pflicht-Tampon in die Vagina schiebst, so wie Aneta, weil das tut angeblich richtig weh.

Nächste Regel: Keine Härchen. Nirgends. Kri-Kri rasiert sich mit elf alles, auch die Arme, weil die Professorin vom Klassischen hat ihr gesagt, dass sie wie ein Affe aussieht. Der Befehl der russischen Professorin mit tschechischem Namen lautet wörtlich: „Kaaaaiiine Heeeehrchen!"

Die verdienten Künstlerinnen und Künstler, die ihr Professoren nennt, obwohl nur der Mathelehrer wirklich einer ist, haben in Moskau oder Leningrad studiert. Und die besten reden Russisch, immer. Ein Zeichen der Ballett-Elite. Das russische Ballett ist das beste. Einmal kommt die Sergejevna von der Ballettschule in Moskau und kontrolliert, was sich bei euch tut und ob man den Lehrplan einhält, und alle eure Pseudo-Professoren schleimen sich ein, und ermahnen euch doppelt so oft wie sonst, und im Klassischen müsst ihr sogar statt den weichen Schläppchen die „ausgeweideten" Spitzenschuhe anziehen, weil so wird das in Moskau gemacht.

Die ausgeweideten Spitzenschuhe trägt ihr nicht wegen der Umwelt, zur Wiederverwendung, und damit der Verbrauch geringer wird, echt nicht, sei nicht naiv. Es handelt sich um eine weitere Form der Tortur. Aus den unbequemsten Ballettschuhen werden noch unbequemere gemacht. Du drischst mit nem Hammer auf die feste Spitze, ziehst die Holzsohle raus und trägst die Schuhe auch in den zehn zusätzlichen Unterrichtsstunden, obwohl du die Balance nicht richtig halten kannst, nicht auf beiden und schon gar nicht auf einem Bein. So stählen sie euch.

„Ihr werdet von euren Beinen leben", sagt die Professorin vom Klassischen jedes Mal. „Du sollst von deinen Beinen leben", sagt deine Mutter (sie hat gehofft, du wirst Ärztin) seufzend, wenn sie dir Heilsalben, Pflaster und Desinfektion für die blutigen Zehen kauft, und Schmerzgel für die Sehnen, Analgetika und schmerzstillende Cremes, und Kollagen gegen Gelenkschmerzen.

Die wirst zur Expertin für Produkte gegen Schmerzen, Entzündungen, Muskelzerrungen, einwachsende Nägel und lose Nagelplatten, Ballenzehen, Warzen, die du garantiert aus den Gemeinschaftsduschen hast, wo du nach jeder Ballettstunde die Pause verbringst (man kann dort richtig gut weinen), und zu Weihnachten wünscht du dir Gutscheine für die Apotheke. Hast du alles mitgeschrieben?

Marionette im Roxy

Du bist fünfzehn und hast House entdeckt. Auf dem Klo besprechen fremde Mädchen im Drogenrausch intime Themen, übergeben sich und ihre übermütigen Sehnsüchte danach, verstanden zu werden, haben die Hände wie zu einem Gebet gefaltet, und verfallen in wehmütige Sentimentalität „Ich mag dich, weißt du das?" und „Du bist der wichtigste Mensch auf der Welt." Sie wischen über verschwommene Lidstriche, tauschen obszön-freizügige T-Shirts, hautenge Miniröcke und schwere Plateauschuhe gegen gebügelte und von den Eltern genehmigte Kleidchen.

Es ist drei Uhr Früh und auf dem Klo herrscht weibliche Solidarität. Ein Mädchen, das du nicht kennst (klar doch, wenn kennt man denn schon) hält deine Haare, während du in die Kloschüssel kotzt und den Kopf auf die Klobrille legst, auf der das Mädchen gerade noch gesessen ist, und dir ist das vollkommen egal, sie behandelt dich wie eine Schwester oder eine Geliebte, mit einer Selbstverständlichkeit, als wärt ihr zusammen aufgewachsen. Du hattest vier Wodka-Bull und zwei Tüten, und davor noch Wein im Andys, und – ach ja! – auch Kroketten. Diese eine Schnitte mit der Igelfrisur, die schon drei Stunden am Stück nur im BH auf der Tanzfläche abgeht, meint zu dir: „Warum trinkst du? Niemand von uns trinkt hier, wir nippen nur." Und sie lacht über dich, so als hättest du keine

Ahnung, wie es hier zugeht. Ihr Gesicht verschwimmt, so wie ihr Lidstrich, dann verschwindet alles, und du nickst ein, auf dem Boden, bis dich eine fremde Hand am Ellbogen nimmt, mitschleift und in die Chillout-Zone bringt, und dort kannst du für ein paar Stunden pennen.

Und das nächste Mal trinkst du gar nichts, außer Wasser, und das füllst du dir auf dem Klo in eine mitgebrachte Plastikflasche. Die Gorillas am Eingang haben sie bei der Kontrolle nicht entdeckt. Einen Ausweis wollen sie zum Glück auch nie sehen, obwohl dir noch drei Jahre fehlen, bis du volljährig bist. Und dann sagt eine, dass sie euch ins Backstage mitnimmt, weil sie hat da einen Kumpel, also eigentlich einen Freund, so einen coolen Typen mit rosa Igelfrisur, der hier der Chef ist und sich auch die Augen schminkt, er ist streng, und Helena vögelt ihn. Und so kommts, dass die Gorillas hinten an der Treppe euch nach längerem Hin und Her durch die Tür lassen, dahin, wo nur Auserwählte hinkommen, und dort gehts ganz anders zu als vorne, zwischen den normalen Junkies und den Kiddies aus den Gymnasien und Eliteschulen, die einen auf Underground machen und auf temporäre Freiheit. Weil hier, in der Unterwelt, dreht sich alles um Lines, und die großen Typen sagen nicht viel. Nur: „Kommt Mädels, ziehen wir eine." Und das sind fast schon Papas mit Familie, bestimmt weit über zwanzig, vielleicht sogar dreißig, also echte Opis, mit denen willst du nichts haben, auch wenn sie Götter sind, die hier herrschen.

Enttäuscht gehst du noch mal raus, das Geheimnis ist futsch, der DJ sieht auch nur aus wie ein normal Sterblicher, und du bist müde, richtig müde, weg ist alle Euphorie, diese grenzenlose Begeisterung über etwas Unzugängliches. Und wenn Natálie dann fragt, wer sich eine Line mit ihr teilt, meldest du dich. Und sie starrt dich verwundert an und fragt, ob du echt willst, und du zuckst die Schultern, ist dir wurscht, du bist bereit fürs nächste Level, ein weiteres Stück der unbekannten Welt, eine neue Erfahrung.

Und dann stehst du mit den anderen Mädchen wie Soldaten in einer Reihe auf dem Podium, das könnt ihr ja gut, nur gibt es da kein Orchester unter euch, sondern den DJ über euch. Und ihr fuchtelt mit den Händen, geht voll ab, ihr seht aus, als hätte man euch engagiert, weil ihr das echt könnt, und die Typen unten grölen, pfeifen und strecken die Arme in eure Richtung und ihr seid auf der VIP-Ebene, weil auf das Podium steigen nur die, die auch richtig tanzen können, was ihr echt könnt. Zwar eher Battement tendu und Grand jeté, was hier ziemlich komisch aussehen würd, aber manchmal schwindelt sich doch irgendwo eine Ballettpose rein, ihr seid halt Offenbarungen und alle fantastisch. In der Pause füllst du Mineralstoffe nach, damit du nicht kollabierst, wie Anča, ihr haltet euch an den Händen und du sagst: „Ich mag euch echt, wisst ihr das?“, und: „Ihr seid das Allerwichtigste für mich, ihr seid meine Familie“, und auch: „Ich bin so glücklich.“ Und in dem Moment bist du einfach so glücklich, wenn auch chemisch, und am nächsten Tag hast du zum ersten Mal seit langem keinen Kater, weil diese Sunnys echt astrein sind, wie J.R. sagt, er hat euch diese Briefchen-Kostproben aufgetischt, und am Montag ist das Battement tendu und Grand jeté vom wilden Wochenende, bis auf die fehlende Motivation, nahezu unbefleckt.

Chlebeček

In der Schule herrscht zwar harte Disziplin, aber die normalen Fächer sind davon ausgenommen, weil die braucht ihr ja später nicht. Der Chlebeček lässt euch in den Mathestunden auf dem Tisch schlafen, die Spitzenschuhe nähen, weil nicht genähte Spitzenschuhe bedeuten Schimpfe im Klassischen, oder ihr dürft euch aufwärmen, wofür sonst als fürs Klassische, und fernschauen, einmal Real Madrid, dann Nagano, und obwohl Hockey bisher keine von euch interessiert hat, malt ihr euch Flaggen ins Gesicht, die ihr fürs Klassische wieder runterwaschen müsst, und unterstützt euer Team zu einem Zweck – keinen Unterricht haben.

Oder ihr tut so, als wärt ihr richtig im Stress wegen dem Klavierunterricht, und er sperrt euch einen leeren Übungsraum auf, und ihr tut so, als würdet ihr Etüden üben, spielt aber stattdessen gemütlich Tetris oder ein anderes Spiel auf so nem russischen Gameboy, oder schlaft. Und der Chlebeček ist in eurer unaufgeräumten Klasse, schreibt Mathebeispiele an die Tafel und bittet euch, dass ihr euch die zumindest ins Heft abschreibt, falls eine Kontrolle kommt, aber es kommt nie eine, und daher macht das auch keine von euch und er prüft euch auch nicht daraus.

Oder ihr geht in Grüppchen aufs Klo rauchen. Als ihr schon zu sechst auf dem Herrenklo seid, kommt euch der Chlebeček holen und sagt, dass ihr echt nicht rauchen sollt, und dass, wenn ihr euch ausruhen wollt, ihr das sagen sollt, und ihr könnt euch in der Klasse hinlegen. Der alte, bebrillte Junggeselle, der einzige echte Professor, im braunkarierten Sakko und mit einem Pausenbrot von der Mutti, bei der er noch wohnt, weiß nicht mehr weiter mit euch. Wenn er weggeht vom Klo, lacht ihr alle über ihn. Nächstes Mal verschanzt ihr euch auf dem Damenklo, weil da traut er sich nicht rein, da klopft er immer nur an die Tür und ruft verzweifelt nach euch. Der ist echt ein Exot, denkst du, und er tut dir leid. So ein lieber Mensch hat auf dieser Schule nix verloren.

Freundinnen im Internat

Die Prager Mädchen aus deinem Jahrgang wirken extrem langweilig, zugeknöpft und kindisch, aber die Mädchen von auswärts, die im Internat oder im Kinderhaus wohnen, sind ganz anders. Sie habens viel schwerer, und daher müssen sie härter sein. Im Internat kommandiert euch Aneta, die Befehlshaberin. Sie ist schon zwölf und das zweite Jahr in vollem Einsatz an der Ballettschule, also am längsten dabei. Sie hat eine gellende Stimme, ein lautes Lachen, zupft sich wie besessen Augenbrauen und Achselhaare, und möchte das auch bei dir machen (drei andere Mädchen halten dich fest, weil du furchtbar schreist). Sie hat außerdem den höchsten Spann von allen und Probleme mit ihrer dominanten Mama. Die genialen Dispositionen, die sie halt von Natur aus hat, wiegt sie auf, indem sie ziemlich faul ist. Sie hat wohl keinen Opa, der sie im Traum heimsucht und drohend vor ihrem Gesicht den Finger erhebt, zur Warnung, dass sie ja keine Schwierigkeiten bekommen und sich besser anstrengen soll. Wenn sie deinen Namen ruft, hoffst du, dass sie gut drauf ist, weil wenn nicht, bekommt das das ganze Zimmer zu spüren, zum Beispiel mit einem ziemlich überraschenden Nachtprogramm.

Ihre erste Handlangerin, die auch fast alles von Aneta kopiert, ist Edita. Sie kommt aus der gleichen Stadt wie

Aneta, hat angeblich auch Probleme mit den Eltern, aber das haben doch eh fast alle hier, oder? Auf dem Klo in der Pause zwischen Mathe und Klassischem lässt sich Edita die Ohrläppchen mit einer Sicherheitsnadel durchstechen, ohne Mucksen, sie ist nicht zimperlich. Edita ist eine zarte Blondine, die sich schwarze Lidstriche malt, damit sie härter aussieht, und deshalb in der Schule einen Eintrag bekommt, und sie hat auch schon mit dreizehn was mit einem volljährigen Typen, so macht sie allen klar, dass sie im Unterschied zu euch schon echt erwachsen ist, und kann sich bei Aneta hervortun, dass sie als Erste nicht mehr Jungfrau ist. Edita fliegt nach dem zweiten Jahr von der Schule. Schuld haben vor allem die Tanten aus dem Internat, die sie in der Schule verpetzen, weil Edita sich mal Tigerbalsam in die Augen schmiert und dem ganzen Internat erzählt, dass ihre Eltern gestorben sind, nur damit sie im Mittelpunkt steht.

Dominika ist deine Kumpelin. Sie kommt aus einer Motorrad-Familie, die Eltern haben zwei Chopper und fahren gemeinsam zu Motorradtreffen, während Dominika in Prag ist und ihre Grand battements schwingt. Durch sie entdeckst du Queen, weil ihr jeden Abend auf eurem Zimmer Party macht, und ihr schaut euch eure Chorografie in der Fensterspiegelung an, interessante Variationen mit den Beinen, raffinierte Armbewegungen, verführerisches Kreisen mit den Hüften und sexy Blicke, immer Augenkontakt, aber ihr checkt nicht, dass das ganze Haus gegenüber regelmäßig über eure halbnackten Darbietungen lacht. Und wenn ihr im Sommer die Fenster aufmacht und direkt an der Fensterbank tanzt, sind das geplante Performances für die, die entweder drüben hinter den Vorhängen stehen und euch unauffällig beobachten, oder die, die auffällig von der Straße unten zuschauen, und euch mit Pfeifen und Grölen auffordern: „Mädels, zeigt eure Titten“, und dem könnt ihr aber echt nicht nachkommen, weil ihr noch keine habt. Aus dem Fenster im zweiten Stock schüttet ihr Wasser auf sie, oder werft ihnen die Päckchen mit dem Diät-Abendessen runter, und hofft, dass sie, wenn ihr am nächsten Morgen in die Schule geht, nicht unten an der Ecke auf euch warten.

Nach einem Vorbereitungskurs ist Eva aus Südböhmen an eure Schule gekommen, mit einem halben Jahr Verspätung. Eins von den verheißungsvollen Talenten, die nach einer Privataudition mitten im Jahr einsteigen. Die Arme kennt sich in Prag überhaupt nicht aus, und auf dem Weg in die Schule verirrt sie sich jedes Mal und landet dann ganz woanders. Ist doch klar, dass niemand sie begleitet, so einen Luxus muss sie sich erst mal verdienen durch eine echt originelle Eskapade. Also besorgt sie sich heimlich ein Zwergkaninchen und hält es im oberen Schrankfach. Ein paar Tage lebt das Kaninchen da, es geht ihm ganz gut, Luft bekommt es durch die Löcher, die ihr ins Holz gebohrt habt, aber der Schrank stinkt bald ein bisschen, und eine von euch verpetzt sie, die Tanten holen sich Eva und das Kaninchen, und beide fliegen vom Internat. Evas Mama aber ist ambitioniert und will sie nicht von der Ballettschule nehmen, daher sucht sie ein anderes Internat für ihre zwölfjährige Tochter. Aber so kleine Kinder werden nirgends genommen. Dann schafft sie es und überredet die Nonnen vom Mírák. Als Erste und Einzige wohnt Eva bei den Klosterschwestern und muss so oder so lernen, wie sie den Weg in die Schule alleine schafft.

Dann gibts noch andere liebe und brave Mädchen, aber bei denen ist klar, dass sie nicht lange durchhalten. Regelmäßig heulen sie und regelmäßig überschreiten sie das Zeitlimit bei den Telefonaten mit den Eltern, bis eine von den Tanten vermeldet: „Ich bitte die Michaela aus dem zweiten Stock, dass sie das Gespräch sofort beendet, in der Warteschleife sind schon drei weitere Eltern."

Du hast bisher nur einen einzigen Vermerk bekommen, und zwar weil du im Leintuch durch fremde Zimmer gelaufen bist und Geist gespielt hast, so nennen das die Tanten. Dabei haben die einfach nicht begriffen, dass es sich um eine originelle Tanzperformance handelte, bei der zum ersten Mal deine Vorliebe für engagiertes Schock-Theater zu Tage kam.

Regeln im Rudel

Was ist Verantwortung? Das heißt einfach, dass du das Privileg hast, über Gut und Böse zu entscheiden und selbst bestimmst, wo deine Überlebensgrenzen sind. Also, es ist super, wenn du dich zum Beispiel nicht umbringen oder vergewaltigen lässt, wenn du dich nicht bis zum Umfallen zudröhnst, nicht zu schnell Probleme bekommst, auch wenn du das leicht könntest, wenn niemand seine schützende Hand über dich hält, und wenn du dann doch mal ne Eskapade startest, dann mit einem höheren Ziel dahinter, zum Beispiel wenn du auf die Barrikaden gehst und für die Freiheit kämpfst, die du mit zwölf als dein unbestreitbares Recht betrachtest.

Für dich selbst verantwortlich sein heißt, dass du schnell einschätzt, wer dein Klassenfeind ist, entweder das Rudel aus dem Internat mit seiner organischen Hierarchie oder die sogenannten Autoritäten, die dich formen sollen. Und eins ist sicher, die Mädchen aus dem Internat möchtest du nicht zu deinen Feindinnen machen. Mit ihnen wachst du auf und schläfst du ein, mit ihnen gehst du nachts von der Schule heim, bei ihnen im Bett heulst du nachts, wenn es schwer ist, mit ihnen rauchst du die erste Kippe und trinkst, da bist du dreizehn, das erste Mal Wodka, gemixt mit Fanta, auf den Stufen vor dem Rudolfinum, bevor ihr zurück ins Internat müsst.

Verantwortung haben heißt, dass du dich der Situation anpasst, dass du zum Chamäleon wirst, das die Überlebenschancen in Sekundenschnelle einschätzt. Also, wenn geraucht wird, dann wird geraucht, und wenn Schule geschwänzt wird, dann wird halt geschwänzt, weil du willst lieber erst gar nicht wissen, was dich andernfalls später auf dem Zimmer erwartet. Ja, manchmal sperren sie dich im Schrank ein, werfen was von deinen Sachen weg, verstecken den Schlüssel vom Schuhraum, wenn du morgens in die Schule möchtest, schneiden deinem Monchhichi die Haare oder erhängen ihn, schütten dein erstes eigenes Fa-Duschgel aus dem Fenster, das du dir vom Taschengeld gekauft hast, oder ziehen ohne viel Aufhebens deine Klamotten an, aber was dir gehört, gehört auch ihnen, die Regeln des Zusammenlebens sind eisern. Und wenn nicht geschlafen wird, und Aneta beschließt, es gibt einen Wettbewerb, wer am längsten wach bleibt, dann bist du dabei. Und wenn sie beschließt, dass ihr mitten in der Nacht alle Möbel wegschiebt und ein großes Lager auf dem Boden macht, tolle Idee. Und wenn ihr euch gegenseitig die ersten Härchen zeigt, dann brauchst du nicht glauben, du kannst dich davonstehlen und die Zimperliche spielen, die Schüchterne. Und wenn Aneta beschließt, dass ihr in einen Kübel scheißen und das dann durchs Fenster zu den Erzieherinnen werfen werdet, dann machst du einen Kübel ausfindig und berechnest den richtigen Winkel.

Klar, manchmal endet ein Spiel mit einem Streit, mit Heulen und der Flucht in ein anderes Zimmer, wenn es jemand gibt, zu dem geflohen werden kann. Aber wenn eine Tante daherkommt und die Ermittlungen anfangen, dann verteidigst du das Rudel, weil eure Welt ist nicht deren Welt. Dein Rudel hat seine eigenen Gesetze und Regeln. Eine kleine Mädchenmafia, deren Teil du unfreiwillig bist, und in der du deine Position nach und nach aufbauen musst. Also vergiss sofort, dass deine Mama Autoritäten gegenüber servil ist, weil das schon immer so war, und Papa ist ein Nerd, dem die Geschwister immer alles weggegessen haben, weil er so viel gelesen hat. Du willst nicht so sein wie deine Eltern, weil die das hier nicht aushalten würden. Aus ist es mit dem lieben, braven Mädchen. Du musst überleben, für diese grundlegende Sache musst du die Verantwortung übernehmen.

Kollektive Selbstbefriedigung

Zeig deine Brüste! Endlich wachsen sie. Schau mal, hab ich da zwischen den Beinen irgendwas? Sogar duschen geht ihr miteinander. Und als im Internat Duschkabinen eingebaut werden, seid ihr da mindestens zu zweit drin. In den schmalen Betten schläft ihr auch zu zweit. Oder ihr schiebt die Betten zusammen, obwohl das verboten ist, und schläft da dann alle gemeinsam. Deinen elfjährigen Körper beobachtest und vergleichst du mit den anderen. Deiner ist immer noch am schlechtesten dran, er ist am kindlichsten, aber nicht mehr ganz kindlich, aber du bist flach wie ein Bügelbrett, und das mögen die Jungs nicht, Sex ist ein weit entferntes Geheimnis, ein Passierschein, mit dem du in die Erwachsenenwelt kommst.

Von Sex habt ihr so viel gehört, ihr malt ihn euch aus, simuliert ihn kollektiv. Ihr erforscht die Grenzen der Erregung. Klar ist, wenn ihr euch auf bestimmte Art berührt, dann findet ihr das gut. Die größeren Mädchen, die Streber-Petzen, die nix mit Kunst machen und euch brutalst nerven, dürfen das nicht erfahren. Du wohnst mit Aneta, Edita und Dominika in nem Durchgangszimmer, super für die Privatsphäre, alle gehen durch euer Zimmer. Also macht ihr das Licht aus, kriecht jede einzeln unter die Bettdecke und erzählt euch gegenseitig, wie ihr es euch macht. Ja … also wenn ich jetzt das da mach, dann funktionierts. Lachen. Na also ich mach das mitm Stift. Ich mitm Finger. So von oben nach unten. Ich von links nach rechts. Achtung, da kommt wer!

Die Streber-Petzen gehen durch. Ihr tut so, als würdet ihr um zehn schon schlafen, obwohl ihr nie vor zwei in der Früh pennen geht, ihr haltet den Rekord im Durchmachen. Und schon sind sie wieder weg. Zeig mal. Nein. Warum nicht? Wie machst dus? Ganz normal! Ich will nicht. Warum nicht? Weils blöd is. Das is ganz sicher nicht blöd. Aha. Na gut, dann komm mal her und schau zu. Uh, du hast da ja voll viele Haare, nen Pelz, hihi. Du bist blöd. Selbst bist noch ganz kahl. Mädels, es ist was passiert! Was? Weiß ich nicht, bei mir hats grad richtig gekribbelt. So ein angenehmer Krampf, ich kanns nicht beschreiben, ich spür noch ein Zucken im Bein. Na dann übertreibs mal lieber nicht, wenn du Krämpfe kriegst. Nicht, dass es dir morgen schlecht geht beim Klassischen.

Jana aus dem Nachbarzimmer verrät dir, dass sie es sich auch machen, aber zu zweit. Eine legt sich angezogen auf den Rücken und die andere setzt sich angezogen in der Grätsche auf sie, wie auf ein Pferd, und rutscht dann hin und her. Sie hat dabei das gleiche Gefühl wie in Gymnastik, da hat sie sich im Grätschsitz mal vorgebeugt und die Muschi am Boden gerieben und jetzt probiert sie herum, wie sie das Gefühl nochmal bekommt.

Der erste Schritt zum Sterben

Klar hast du alle Filme gesehen, in denen es ums Tanzen geht: Billy Elliot, Flashdance, A Chorus Line. Aber die sind nicht so gut wie Aufnahmen von Raymonda, Le corsaire, La bayadère, La sylphide, Der Nussknacker oder Romeo und Julia aus großen Theatern, die im deutschen Fernsehen liefen. Daheim im Grenzgebiet hatte deine Lehrerin solche Aufnahmen auf Video, die hat sie dir bei sich zu Hause vorgespielt. Sie hat dabei gehäkelt und dich einem dreistündigem Fantasien-Rausch überlassen, bei dem du in Gedanken mit dem toten Romeo tanzt, und der Dirigent im Orchestergraben pathetisch Prokofjews sentimentale Schlusssymphonie manövriert, und du Gift trinkst, oder dich in einer anderen Version mit einem Dolch erstichst, je nach Schicklichkeit der Situation, also je nachdem, was für eine Idee der Choreograph hatte.

Du siehst dir selbst dabei zu, wie das Leben aus dir verschwindet, wie deine schweren Hände sinken, du über die Treppe taumelst, weil jedes Bühnenbild hat irgendwo eine Treppe, um dort auf die Knie fallen zu können, und dein wallendes Chiffonkleid rutscht nach oben und enthüllt die perfekte Kontur deiner trainierten Oberschenkelmuskeln, wie von einer Langstreckenläuferin, und fein geschliffene Unterschenkel, kurvig wie ein Pfeifenstiel. Und langsam sinkst du kopfüber die Treppe hinunter, damit du in deiner letzten Bewegung wie ein welkes Herbstblatt aussiehst, das jemand vergessen hat wegzukehren.

Diese dekadente Hingabe an den Tod, den du auf dich nimmst, wegen der Liebe bis in den Tod – und das gilt hier wortwörtlich –, diese Hingabe wirst du trainieren, so oft es nur geht. Sogar vor den Mädchen im Internat wirst du mindestens Bewusstlosigkeit simulieren, damit sie zusammenkommen und schauen, ob du noch lebst – was leider nicht passiert, weil dir die Mädchen deine künstlerische Absicht total verderben. Dein dramatisches In-Ohnmacht-Fallen glauben sie dir einfach nicht, sie zucken nicht mal mit der Wimper, und dir bleibt nichts anderes übrig, als nach ein paar Minuten aufzustehen und dich wieder einzuordnen ins Rudel.

Während der ersten Monate in der Schule wird das vorgetäuschte Sterben aber gar nicht geübt, es wird ganz echt gelitten, real, und keine Streicher spielen dabei, kein Licht blendet in den Augen und niemand, der das alles bewundern würde, schaut zu. Ihr liegt alle im Herrenspagat mit Vorbeuge, und wenn Eine nicht mit dem Bauch den Boden berührt, dann kniet sich die Zednářová in Wrestler-Position auf deren Rücken und drückt sie zu Boden, ungeachtet dessen, dass die Kleine unter ihr ganz rot wird und stöhnt, aber nicht zu heulen beginnt, weil sie dann zu hören bekäme, dass sie eine Prinzessin sei und das Tanzen vergessen könne, weil mit derart schlechten Dispositionen wird sie nicht weit kommen.

Und dann sitzt ihr unter der Stange, die Beine im Schmetterling, und die Zednářová steigt auf eure Knie, damit sich die Hüftgelenke öffnen, ungefähr siebzig Kilo wiegt sie. Und dann steht ihr eine Stunde mit der Stirn zur Stange, in der ersten Position, die Beine nach außen, und extrem lange macht ihr nur Demi-plié und dann Grand Plié, eine ganze Ewigkeit, und es wäre ja extrem langweilig, wenn die Lehrerin euch das nicht ein bisschen unterhaltsamer machen täte, indem sie wie ein Geier um euch kreist und da und dort mit der Nadel ihrer goldenen Brosche in euer „wabbliges Fett" sticht oder euch auf den Hintern schlägt „Hintern zusammenzwicken!", oder indem sie – wenn ihr euch auf einem Bein stehend vorbeugt, die Hände an der Stange, das andere Bein nach hinten in die Luft gestreckt – das austreckte Bein dann auf ihre Schulter legt, wie so ein Möbelpacker-Muskelprotz, und es nach oben biegt, und euch dabei an den Schultern packt und zu sich heranzieht, als zügelte sie ein aufgescheuchtes Pferd, und euer Rücken sieht aus wie ein Bogen, ihr ähnelt dabei der Schlangenfrau aus dem Chinesischen Nationalcircus. Wer am längsten aushält, gewinnt. Aha, das ist also der erste Schritt auf dem Weg zum Sterben!

Der Direktor ist ne Schildkröte

Die Spitznamen für euren Direktor: Schildi, Dörrpflaume, Französische Bulldogge und Senile Mumie. Alle beziehen sich auf sein Aussehen. Schildi noch dazu auf seine Ausdauer. Weißt du, wie ein Schildkrötenkopf aussieht? Ein faltiger Hals, der aus dem Panzer ragt, Glupschaugen und die Mundwinkel wie ein Halbmond nach unten. Eine Riesenschildkröte wie sie im Buche steht. Es wird gemunkelt, dass er schwul ist, weil er Mädchen nicht ausstehen kann, besonders die, die auch wie Mädchen aussehen, und weil er die Jungs immer besser behandelt.

Sogar die Professoren haben Schiss vor ihm. Also wenn die Frau „Professor" Husová ihre Ballettfotos in den Unterricht mitbringt, weil sie zeigen will, wie schön sie war, wie jung, schöne Beine, schöne Brüste – damit würd sie bei ihm nicht durchkommen – und schöne Wimpern, irgendwo weit weg in Russland, dann versperrt sie lieber die Tür und statt zu üben sitzt ihr da wie Blutegel und atmet Herrlichkeit ein und sie holt ihren Taschenspiegel raus und trägt eine weitere Schicht Wimperntusche auf, und im großen Ballettspiegel kontrolliert sie ihren Latexmantel und die hochhackigen Stiefel und ihre extra guten Titten, wie die Jungs sagen (vielleicht hat sie deshalb nie viel getanzt und lieber einen Tschechen geheiratet). Und wenn sich die Klinke zufällig bewegt, dann klatscht sie, und ihr lauft zu den Stangen, geht in Position, als würdet ihr gerade üben, und erst dann sperrt sie die Tür auf.

Der Korrepetitor ist eingeweiht und echt froh, dass er nicht immer dieselben Schnulzen spielen muss, zum Beispiel Walzer, zu dem sie auf zwei Takte zählt, eins – uuund – zwei, und ihr eure Sequenz abarbeitet, und dass er am Piano statt der Noten in seiner Klatschzeitung lesen kann. Ihr müsst der Husová aber versprechen, dass ihr niemandem davon erzählt, weil wenn der Schildi davon erfährt, dann bekommt sie echt Schwierigkeiten. Darin seid ihr aber Pionierinnen. Wenn es um Möglichkeiten geht, wie man sich dem Training entzieht und kurz mal ausklinkt, kann sie sich auf euch verlassen. Alle für eine, eine für alle.

TAGEBUCHEINTRAG

Die Jungs sind ziemliche Idioten und Mistviecher und verdienen nix anderes, als dass man gegen sie kämpft. Es ist einfach so ungerecht. Sie sind solche protegierten Schleimer, sechs gibts in unserer Klasse, und das auf achtzehn Mädchen, und nie fliegen sie von der Schule, sie gehen maximal von sich aus, weil sie müde gewordene Loser sind, und die Mädchen schuften zweimal so hart und fliegen bei jeder Kleinigkeit. Wir müssen auf Konfrontation gehen. Das Problem ist: Jíra hat mir die Stulpen zerrissen und ich hab mir voll den Kopf am Heizkörper angeschlagen, und er ist nur mit einem Biss von mir davongekommen. Wahrscheinlich werd ich Feministin.

TAGEBUCHEINTRAG
(auf der Bank hinter dem Rudolfinum)

Die Baltazarová sagt, dass jedes Battement frappé mit einer solchen Rasanz gemacht werden muss, dass wir davon blaue Flecken rund um die Knöchel haben müssen. Ich schlage mich echt fest, hab aber immer noch keine bekommen.

TAGEBUCHEINTRAG
(Zimmer 203, ich bin allein)
Das hab ich heute gegessen:
1 Vollkornbrötchen – 225 kJ
1 Tomate – 190 kJ
2 Äpfel – 510 kJ
1 Orange – 280 kJ
einen halben Käse (keine Ahnung, wahrscheinlich viel)
1 Asia-Nudelsuppe – 1250 kJ (Wahnsinn)
Morgen muss ich mich zurückhalten!
PS: Bier zählt nicht.

TAGEBUCHEINTRAG
(Zimmer 203, die anderen sind da)
Die Franzová sagt immer:
„So, wie wir gehen, tanzen wir auch."
„Zugluft ist der Tod eines jeden Tänzers."
„Der Rücken muss singen."
„Bei den Sprüngen müsst ihr euch wie ein Panther bewegen."
„Es gibt ein passives und ein aktives Plié. Das passive könnt ihr vergessen, und das aktive seh ich bei euch nicht."
Die anderen schauen mir über die Schulter, was ich da schreibe.

Aschenputtel

J.R. nennt dich Popelka. Aschenputtel. Nicht wegen deiner Bescheidenheit und dem versteckten Potential zur Prinzessin, sondern weil er sich ich dich verliebt hat bei Popelka, der monatlichen House-Party im Roxy mit DJ Loutka, auf die alle gehen, weil er Platten aus Holland hat und die so mixen kann, dass die Übergänge dich echt kilometerweit nach oben schießen und das ganze Roxy pfeift und kreischt, die Junges das T-Shirt ausziehen und die Mädchen die Schnuller ausspucken, und das Licht wird dunkler und ist dann wieder voll da, wenns richtig losgeht. Und du machst die Augen zu, hebst die Hände und streckst die Zeigefinger aus, so wie du das bei den anderen siehst, und beugst den Kopf zurück und fällst in eine Ekstase, hast aber diesmal von J.R. gar kein richtiges Ecstasy bekommen.

Dann startet Loutka einen neuen Beat, das Scheinwerferlicht blendet in die Augen, du zuckst, als hätt dich in den Augen der Blitz getroffen, und auf einmal explodiert alles: Emotionen, Energie, Euphorie, elektrisierendes Glück des Moments, das Gefühl, du bist eine Göttin, du schwebst zur Decke rauf, du schaffst es, dir steht nix mehr im Weg. Du trägst deine alte Kinderbrille und mutig-aufreizende Outfits, die du ganz ohne Zensur anziehst, und kommst dir vor, als würd dir die Welt gehören, aber das darfst du nur gelegentlich, nur zur Belohnung erleben.

Für ein Wochenende wechselst du die Identität, verwandelst dich in jemand ganz anders. In Gedanken verbrennst du rituell deine strenge Frisur und die Ballettkleidung, und spielst die ideale Version deiner selbst, ohne permanente Selbstbewertung und Selbstkritik, du verwandelst dich in ein nicht existierendes, flüssiges Wesen, das durch dieses betörende, grölende Remmidemmi gleitet, und dem niemand sagt, was es tun soll oder wer es sein soll.

In den paar Sekunden bei den Übergängen zwischen den einzelnen Songs erlebst du die totale innere Freiheit. Endlich kannst du das tanzen, was du willst. Endlich bist zu nicht mehr die brave Fünfzehnjährige aus der Kleinstadt-Mittelstandsfamilie, bist weder Opas Stolz noch Mamas Talent, weder die vernünftige und diplomatische junge Dame, noch die Giraffe an der Stange bei der Husová, bist weder der Problemfall für den Direktor, noch diese auf dem Dach herumkletternde Gans in den Augen der Baltazarová, weder die frigide Ballerina mit den langen Haaren, die sich nur für die Schule interessiert, noch die unkontrollierbare Teenagerin in den Augen der Internatstanten, und auch nicht die flachbrüstige Streberin für die Jungs oder die Verräterin der Clique für Aneta.

Wiegen

Montägliche Hölle. Morgendliches Wiegen. Das ist echt unfair. Immer nach dem Wochenende, wo du bei den Eltern bist und du so tun musst, als würdest du alles aufessen, was sie dir auf den Teller legen. Du willst wirklich nicht ganz oben im Klassenbuch stehen, weil du am meisten von allen wiegst, und von allen Lehrern hören, dass du zugenommen hast. Und gerade an diesem Wochenende gibts dein Lieblingsessen, Svíčková. Mama und Opa kontrollieren dich. Du musst so lange sitzen bleiben, bis du alles aufgegessen hast. Opa redet schon wieder vom Konzentrationslager, Mama davon, dass du unterernährt bist und wie ein Schatten ausschaust, ganz durchsichtig bist, Anämie hast und so ein Zeug, das selbstverständlich gar nicht stimmt, weil du wahnsinnig dicke Oberschenkel hast und du echt unansehnlich bist beim Tanzen. Also stopfst du dir immer ein paar Bissen Svíčková in den Mund und gehst aufs Klo, und dort spuckst du alles wieder aus. Als du zum dritten Mal gehst, sagt Mama, dass du bestimmt ne Blasenentzündung hast und ihr zum Arzt müsst, und fragt dich, ob du schon die Regel bekommen hast. Natürlich hast du die noch nicht. Das will sie auch abklären. Dich würd ja interessieren, wie. Vielleicht indem sie dir mal nen so bösen Blick zuwirft, dass du dann vor lauter Entsetzen zu bluten beginnst.

Aneta und die Kilos

Du stehst nicht als Erste auf der Liste im Klassenbuch, sondern erst als Dritte. Uff. Dominika und du seid um einen Kopf größer als alle anderen, aber auf der Liste geht es nur um die Kilos. Aneta steht in ihrer Klasse ganz oben, und als die Tschechischlehrerin am Dienstag das Klassenbuch aufmacht, sagt sie: „Aneta, was soll das, zwei Kilo mehr?" Das lässt sich schlecht erklären, es war halt Wochenende und ich war zu Hause, sagt Aneta und findet dann den besten Trick. Nächstes Mal wird sie sagen, dass sie die Regel hat, und dass das zwei Kilo Blut sind. Damit sie die dann abziehen.

Schwesterlichkeit

Im neuen Jahr teilen sie euch auf, ihr kommt zu den älteren Mädchen. Damit ihr keinen Saustall macht, und ihr einfach insgesamt traurig seid. Immer noch bist du mit Aneta, der Anführerin, auf dem Zimmer, dann sind da noch ne Opernsängerin und ne Slowakin. Das letzte Bett bekommt Lýdie, die ist noch n Baby und hat keine Ahnung, wo sie da gelandet ist, kann sich aber ziemlich gut anpassen. Lýdie ist zehn, auf ihrem Regalbrett hat sie Instant-Tee, Fotos von den älteren Schwestern und nen Gamsbock aus Keramik. Und ein Album mit Stickern, mit denen sie in den Pausen Tauschhandel betreibt.

Aneta hat auf dem Regal wie immer zwei Parfüms, Wattestäbchen, nen Nagelzwicker und ne Pinzette. Was sie mit der macht, weißt du schon. Als ihr betrunken von der Schule ins Internat zurückkommt, schreit sie durch die ganze Tram, dass sie gern vögeln tät. Sie ist nämlich schon dreizehn, ein Jahr älter als du. Die Slowakin ist sechzehn, hat Schulbücher und nen Liebesroman auf dem Regal stehen, und in der Nacht knabbert sie heimlich Zwieback unter der Bettdecke. Das fällt euch auf, und als ihr sie fragt: „Was stopfst du dir denn da heimlich rein?“, meint sie nur: „Kannst mal abbeißen“, statt dass sie ne ganze Scheibe abgibt. Wenn sie einmal pro Monat zu ihren Eltern nach Bratislava fährt, wird alles sorgfältig weggesperrt. Vor allem das Essen.

Die Slowakin ist ne fanatische Ballerina und brüstet sich damit, dass sie Vegetarierin ist. Dein Schnitzel futtert sie dir aber immer weg. Die Opernsängerin ist neun Jahre älter als du. Sie hat auf dem Regalbrett Glücksamulette, Tonnen von Holzperlenketten, lange Ohrringe, Trockenshampoo und Noten von italienischen Arien. Italienisch und Turnen besucht sie aus Prinzip nicht, stattdessen geht sie ins Radost FX auf nen Schokomilchshake. Sie prahlt damit, dass sie Asthma hat, X-Beine und ein Anti-Sprachtalent sei. Raucht leichte LMs, und ist mit ihren zwanzig noch Jungfrau. Eines Tages wird sie im Nationaltheater singen. Davor fliegt sie aber vom Konservatorium.

In dieser Kombination besetzt ihr das 203er noch n paar Jahre, bis sie euch nach und nach zerschlagen und dich zur dünnen Hana stecken, wo man um zehn schlafen geht, und du aus reiner Verzweiflung mit dem Tagebuchschreiben anfängst, versteckt unter einer dünnen und ekligen Bettdecke.

Besetzung

Am Schwarzen Brett wurde die Besetzung für den Nussknacker ausgehängt. Du gehst nachschauen, welches Schicksal sie dir zugeteilt haben. Aha, ne Ratte also.

Anonymität

Ihr probt für die Weihnachtsaufführung im Ständetheater. Du bist eine von zwölf grauen Ratten, die ne riesige Maske tragen und synchron Purzelbäume machen. Wenn du doch zumindest ein Kind spielen könntest. Erstens müssen die das Gesicht nicht verdecken, und zweitens ist dieses Tschaikowski-Motiv mit dem Weihnachtsbaum echt schön, und sogar deine Oma kennt es, weil es in einer Autowerbung vorkommt. Aber du bist zu groß. Die großen Mädchen sind Ratten und basta. Nicht mal deine Mutter erkennt dich, obwohl sie später behauptet, dass sie genau wusste, welche du warst, und dich die ganze Zeit beobachtet hat.

Das Ziel ist einfach: ein anonymes Mitglied des Rattenschwarms bleiben. Sobald du hervorstichst, gibt es Schwierigkeiten. „In einer Linie stehen!", zürnt der Schildi. Er leitet die Proben. Sobald er deinen Namen ausspricht, ist dir klar, dass es ein Problem gibt, also ist es super, dass er deinen Namen bis zur fünften Klasse nicht kennt, obwohl er dich mindestens zehnmal pro Jahr benotet, zu den Halbjahres- und zu den Abschlussprüfungen, und er ist auch den ganzen Dezember bei den Proben für die Aufführung dabei, bei denen er sich aber vor allem selbst aufführt, weil er sich immer einbildet, er müsse euch das jetzt vortanzen, er könne das ja so toll. Und er geht in die Mitte des Saals, ihr steht rundherum an der Stange, stramm wie Soldaten, hochkonzentriert, damit euch ja nix entgeht, und er holt Luft mit seiner Schildkrötenlunge, sein Gesicht wird ganz faltig, wie ne Ziehharmonika, und er fuchtelt mit seinen Pratzen durch die Luft wie ne wild gewordene Ratte, die Piano spielen möchte und die Tasten nicht trifft. Er betrachtet sich dabei ne Weile im Spiegel, lässt es dann wieder sein, und springt graziös wie ein Leopard auf den Tisch. Dort bleibt er, ein Bein übers andere geschlagen, sitzen. Sein eben noch von Selbstgefälligkeit beherrschtes, runzeliges Schildkrötengesicht verwandelt sich in ne überhebliche Fleischfresser-Grimasse und sagt: „Bitte."

Und ihr sollt das wiederholen, mindestens so gut wie der Schildi, und wenn das nicht passiert, ruft er: „Stopp!" und „Hab ich es euch denn nicht deutlich genug vorgezeigt?!", und du stehst ganz hinten im Saal und zitterst, weil du wie verrückt mit den Rattenpratzen in der Luft herumwirbelst, so wie er gerade, und du hast Angst, er könnte deinen Namen sagen, dich jetzt rauswerfen, dir die Rolle wegnehmen, weil die Chance, ne Ratte zu tanzen, bekommen nicht alle. Auf der Bühne zu stehen ist die größte Belohnung, ist das Ziel, und deshalb lässt du dir alles gefallen. Und als er dich einmal bei der Probe beim Namen nennt und anschreit, du sollst die Hand vor den Oberschenkel halten, also sie um exakt fünf Zentimeter verschieben, damit sie nicht absteht, bist du dir nicht sicher, ob das nun ein Problem ist, oder du den Jackpot gewonnen hast: Du bist aus der namenlosen Menge hervorgetreten. Ganz bestimmt der Jackpot!

Das gestohlene Baguette

Du gehst vorbei an deinem Lieblingsportier, mit dem ihr vor zwei Jahren noch auf der Straße vor dem Internat Gummihüpfen gespielt habt, schmeißt die Schuhe ins Schuhregal, und ausgehungert wie n herrenloser Straßenköter trottest du auf dein Zimmer, 203. Hunger hast du ständig, von früh bis spät, es geht nur darum, ob du dich in der Schule an Kiwi und Müsliriegel hältst, oder schwach wirst und ins Sherwood gegenüber rennst, auf ein Omelette, oder gar ein Eis am Stiel mitgehen lässt und erwischt wirst, aber als sie merken, wie mager du bist, darfst du es sogar behalten.

Im Ausgabezimmer im ersten Stock bekommst du die Abendration zugeteilt. Die ersetzt das Abendessen „nur für Ballerinen", damit ihr nicht dick werdet. Meistens sind in dem Plastikbeutel zwei Äpfel, ne braune Banane und ne runzelige Kiwi. Außerdem darfst du dir so viel trockenes Brot und Marmelade nehmen, wie du willst, das steht allen frei zu Verfügung, egal ob Ballerina oder nicht. Du lädst nen Stapel Brot auf und bestreichst es Scheibe für Scheibe mit billiger Erdbeermarmelade aus einem großen Plastikeimer. Die Erzieherin sagt, du sollst kommen und die Noten melden, und du brummst, dass du gleich kommst, sobald du mit diesem köstlichen Fünf-Gänge-Menü fertig bist.

Auf dem Zimmer haben alle ihre Jacken an und liegen auf dem Bett, Aneta zupft sich die Augenbrauen und hat die Füße auf dem Tisch, auf dem Lýdie eine Pyramide aus Brotscheiben baut, obwohl klar ist, dass auch die früher oder später weg sein werden. Wärt ihr keine Ballerinen, hättet ihr heute ein abgepacktes Baguette mit Salami bekommen. Es sind ziemlich viele übrig geblieben, weil niemand diesen Fraß will. Was, wenn ihr die Tanten fragt, ob ihr vielleicht eins haben könnt? Das erlauben die euch sicher nicht, da essen sie lieber alles selber, meint die Opernsängerin, die eben aus dem Bad zurück aufs Zimmer gekommen ist.

Das komplette Zimmer 203 steht an der Ausgabe. Du lenkst die Tante mit deinen Noten ab, suchst sie ganz lange und diktierst sie ganz langsam, manchmal vertauschst du was, und die Mädels, die dich begleiten, klauen sich währenddessen ein Baguette und tun aber so, als würden sie nur lesen, was auf dem Schwarzen Bett steht. Und natürlich steht ihr auf der Blacklist fürs Putzen.

Zurück auf dem Zimmer ist das Baguette weg wie nix. Die Tür ist noch gar nicht richtig zu, da ist es schon in euren Mägen verschwunden. In dem Moment meldet sich im Lautsprecher eine zornige Stimme: „Diejenige, die das Baguette aus dem Ausgabezimmer gestohlen hat, soll es sofort zurückgeben. Sonst gibt es Konsequenzen. Ich wiederhole: Diejenige, die das Baguette gestohlen hat, soll es jetzt zurückgeben, das ist die letzte Chance, sonst hat das schwerwiegende Folgen!"

Wortlos tauscht ihr Blicke. Haben die sofort nachdem ihr weg seid nachgezählt? Lýdie greift nach der Folie und wirft sie in den Müll. „Tu das nicht, den Müll kontrollieren sie bestimmt!“, meint Aneta. „Wirf das lieber ausm Fenster, aber nicht aus unserm Zimmer.“ Also schleicht ihr euch aufs Klo und werft die Folie in den Lichtschacht. Da ertönt es: „Die Mädchen aus Zimmer 203 sollen sofort ins Ausgabezimmer kommen.“

Da warten zwei Tanten auf euch. Die freundlichere versucht es auf die sanfte Tour: „Na los, gebt das Baguette zurück, wir wissen, dass ihr das gewesen seid.“ Die Schnepfe: „Damit kommt ihr nicht einfach durch, diesmal fliegt ihr alle!“ Du würdest es sofort zurückgeben. Wenn es nur ginge. Lýdie: „Und wie wollen sie uns das beweisen?“ Ihr bekommt einen Vermerk und Ausgehverbot für einen Monat. Aber weil ihr sowieso bis zehn am Abend Unterricht habt, können sie euch gar nix verbieten. Das Verbot trifft nur die Opernsängerin, und die fordert eine Packung Kippen pro Woche, als Schadensersatz, damit sie was zu tun hat an den übel langen Abenden im Internat.

Pädagogische Praxis

Pädagogische Praxis ist vor allem für die aus der achten Klasse, für die alten Hasen, die Großen, die bald mit der Schule fertig sind und dann auf den besten Bühnen der Welt tanzen. Und ihr habt die Ehre und fungiert als Versuchskaninchen. An euch lernen sie das Unterrichten. Unter ihnen sind die bald sehr berühmten Zwillinge – der ganze Stolz der tschechischen Ballettszene, und die Kohunová, die im Königlichen Ballett in Schweden tanzen wird (bevor sie zwölfmal operiert werden muss und das Tanzen an den Nagel hängt), die Pavijánová (die wegen ihren großen Brüsten ausgelacht wird, die ihr aber von den Jungs beim Ausflug zum Nussknacker die gesamte Busfahrt über massiert werden) und weitere Talente, die vor sechs Jahren die Rolle der Versuchskaninchen durchmachen mussten und sich jetzt auf eure Kosten amüsieren.

Unterrichten tut es die Baltazarová. Wer sonst. Von der glaubt nie wer, dass sie Ballettlehrerin ist und keine Gefängnisaufseherin, großgewachsen und knochig wie ein Pferd, in nem überknielangen Wollrock, dicken Strümpfen und braunen Schlapfen, mit kurzen grauen Haaren – mit denen schaut sie aus wie ne Strafgefangene von nem Schiff, auf dem die Pest wütet – und einer riesigen Brille, dahinter riesige Augen, wie die vom Wolf, nachdem er die Oma gefressen hat, und mit einer Stimme wie ne Knallrakete, mit der sie euch anschreit: „Halten!!!“ Gemeinsam mit der Ältestenschar geht sie dann von einer zu anderen, während ihr die Position hält – auf einem Bein, das andere in der Luft -, und zeigt auf eure Fehler. Sie piekst euch in den Hintern: „Speck anspannen!“, piekst euch in die Brust: „Hihi, du hast ja vier Brüste!“, oder bricht gleich den Stab über euch: „Also hier fehlts in erster Linie an Intelligenz.“

Und ihr zittert fürchterlich und heult vor jedem Unterricht, und auch danach, aber in der Stunde haltet ihr es zurück, weil euch die Großen sonst auslachen. Dann holt die Baltazarová Sylva zu sich, die hat schon Brüste, und zieht sie vor den Augen der achtzehnjährigen Jungs bis zur Taille aus, klopft ihr auf die Rippen und sagt: „Warum streckst du das raus?“ Und sie meint den Brustkorb, aber wir sehen nur Sylvas nackte Brüste. Und sie läuft ganz rot an und wünscht sich, unsichtbar zu werden, im Boden zu versinken, zu verschwinden, eins zwei drei, aber es geht nicht, und kurz sieht es so aus, als wärs endlich vorbei, aber die Baltazarová dreht sie mit dem Rücken zu den Großen, und zeigt noch was an der Wirbelsäule, und jetzt können auch alle aus eurem Jahrgang, auch Jíra, den Sylva gut findet, ihre nackten Brüste sehen, und Sylva heult schon, aber das sehen nur wir, weil dann zieht die Baltazarová ihr das Dress wieder hoch und sagt: „Geh zurück an deinen Platz.“ Und sie geht, den Blick zu Boden gesenkt, ganz nach hinten an die Stange und versteckt sich hinter den anderen verängstigten Mädchen, denen gerade bewusst wurde, dass sie als nächstes drankommen könnten, die leicht grün anlaufen und schweigen. Es hat ihnen die Sprache verschlagen, und sie bitten die Eltern auf Knien um eine Entschuldigung für die nächste Pädagogische Praxis, oder schwänzen ganz einfach, so wie du.

Natálie und die Fete

Du bist vierzehn und hast eine beste Freundin. Keine von den Schwestern aus dem Internat, weil die Familie suchst du dir nicht aus. Auch keine Mitschülerin, weil die sind eigentlich alle artig und langweilig. Natálie ist aus dem Jahrgang über dir und genau dein Typ. Sie hat immer schwarz geschminkte Augen und weißes Make-up, wie ein Mime, wofür sie regelmäßig eine Strafpredigt von der Baltazarová kassiert, die Natálie zusammenstaucht und meint, nächstes Mal werde sie mit nem Kübel Wasser kommen und ihr das Gesicht drin waschen, was sie ihr, im Gegensatz zu den Mädchen aus den älteren Jahrgängen, dann aber doch zum Glück nie antut.

Wahrscheinlich bist du verliebt in Natálie, weil sie echt schwer in Ordnung ist. Im Unterschied zu dir ist sie nie gestresst und nicht permanent verängstigt, sie hat keine Probleme und braucht sich auch nicht zusammenreißen. Manchmal lädt sie dich für ein Wochenende zu sich nach Hause sein und ihr hört gemeinsam Rachmaninow oder sie erklärt dir, wie die Hündchenstellung beim Sex geht. Und vor allem schmeißt Natálie die besten und wildesten Partys. Aber manchmal vergisst sie euch zu sagen, dass auch ihre 90-jährige Oma in der Wohnung ist, die fast nen Herzinfarkt kriegt, als sie Aneta, Lidka und Jíra ganz nackt in der Dusche entdeckt, oder als sie fast auf nem Kondom ausrutscht, und als sie sich beinah an dem Rauch von nem Joint verschluckt, mit dem ihr eigentlich ihren Pudel high machen wolltet, den ihr dafür unter einer Waschschüssel festgehalten habt, und sie dreht richtig durch, als sie entdeckt, dass das Klo total vollgekotzt ist.

Ungefähr dreißig Leute sind in der Vier-Zimmer-Wohnung in der Nähe vom Wenzelsplatz, um Mitternacht kommen noch ein paar Unbekannte, die irgendwer aus der Weinbar ums Eck mitgenommen hat, weil der Wein aus war. Matýáš, übrigens der Sohn von ner Lehrerin, blauäugig und blond, tolle Figur (garantiert ist der adoptiert), reihert aus dem Fenster, auf den Balkon vom Nachbarn, aber erst nachdem er dich ins Bett geholt und deine Hand auf seinem Bauch gelegt hat, auf etwas super Glattes und Weiches, fast wie Velours. Du brauchst richtig lange, bis du verstehst, was das ist, weil du das noch nie im Leben berührt hast, und du liegst neben ihm, mit der Hand auf seinem Penis und mit angestrengter Miene, weil du nachdenkst, und schläfst irgendwann ein.

In der Schule wird dann natürlich so getan, als wär gar nix passiert, du wahrst das Dekorum, genauso wie Aneta, die mit Matýáš auf dem Klo herummacht, heimlich, weil er offiziell mit ner Mitschülerin zusammen ist, die ihm als Tanzpartnerin zugeteilt wurde, abgesegnet vom Schildi und von Matýáš‘ Mutter, ner ehemaligen Ballerina, die ständig im Öl ist und Aneta in Szenischem unterrichtet. Du wunderst dich nicht, dass seine Mutter so drauf ist, immer ganz rot ist, sie muss sich am Piano festhalten, damit sie nicht hinfällt, und schafft es nicht, den Takt richtig zu zählen. Dir würds genauso gehen, wenn du im Lehrerzimmer jeden Tag dem Schildi zuhören müsstest.

Päckchen

Deine Mutter macht sich permanent verrückt, aus Angst um dich. „Nicht dass dir in Prag was passiert, nicht dass dich jemand entführt, nicht dass du dich verläufst, nicht dass du Hunger leiden musst.“ Keine Angst, Mama. Die Innenstadt und die Umgebung vom Internat kennst du bald so gut wie ne Ureinwohnerin den Amazonas, du weißt, dass die dunkle Unterführung neben dem Internat ganz schnell durchquert werden muss, dasselbe gilt für den Vyšehrad nachts um zehn auf dem Heimweg von der Schule.

Den Perverslingen, die sich auf dem Gerüst vor eurem Fenster einen runterholen, antwortest du mit einer Stripshow, gegen den Hunger helfen eine Rakvička mit Schlagsahne, oder zur Belohnung auch mal große Pommes im ersten Prager McDonald's, bei denen du von einem McChicken träumst.

Mama schickt dir regelmäßig Lebensmittelpakete. Im Internatslautsprecher hörst du immer wieder deinen Namen, und dass du kommen und das Päckchen von den Eltern abholen sollst. Das ganze Internat freut sich drauf. „Los, mach auf“, kommandiert Aneta, und alle versammeln sich um dieses magische Objekt wie um ein Lagerfeuer. Und dann hörst du: „Super, wieder ein Kuchen, aber nächstes Mal sollte die Mama da mehr Nüsse reintun.“ „Hey, diese Müsliriegel sind neu.“ Oder: „Die Orangen sind schon ein bisschen faulig.“ Was du nicht mal bemerkst, weil du den Inhalt des Päckchens gar nicht zu Gesicht bekommst, und nur die Rücken der anderen siehst. In wenigen Sekunden verschwindet das gesamte Proviant von Mama in ein paar wenigen Hälsen. Nur das Baby-Milchpulver bleibt übrig, für das schämst du dich voll, und dein Schrank ist schon so n kleiner Milchpulver-Laden, in dem aber niemand einkauft. Und du kommentierst deine besorgte Mutter vor dem Rudel: Die ist einfach ein bisschen durchgeknallt, die glaubt ja, du bist noch ein Baby, obwohl du schon zwölf bist. Und holst ne Kippe raus, zum Zeichen, dass du echt kein Baby mehr bist.

Aber irgendwie ist deine Mama schon komisch, weil wenn du nach Hause fährst, dann jagt dich Papa auf ihren Befehl durch den Wald, und Mama feuert dich an, „Lauf!“, und Papa geht die Luft aus, weil er so nen dicken Bauch hat und nicht gut rennen kann. Und du läufst zickzack zwischen den Bäumen, bis Papa sich auf den Boden fallen lässt und sich weigert, weiterzumachen. Und Mama sagt, das reicht, du hast den Test bestanden. Sie wollten nur prüfen, ob du, wenn dich in Prag jemand verfolgt, davonläufst.

TAGEBUCHEINTRAG

Ich hab nen Eintrag bekommen, weil wir den Boden wieder nicht gut genug gewischt und die Bettdecken nicht rausgehängt haben, obwohl an dem Tag Lüften vorgeschrieben war. Ich hab Schule von acht bis um halb sieben, dann meistens noch Abendproben für Auftritte. Im Internat bin ich um zehn (wenn ich nicht mit Lýdie noch zum Entspannen in die Kneipe gehe) – und dann noch putzen? Die haben ja echt nen Knall. Am besten, wir bestechen die jüngeren Mädchen mit Zigaretten, damit die das für uns machen.

Baryshnikov

Baryshnikov ist in Prag. Der Star des russischen Balletts, der sich aber aufgelehnt hat und emigriert ist in die USA, und kein richtiges Ballett mehr macht, sondern nur „Modernes“, wie deine Professoren es nennen und dabei das Gesicht verziehen, als müssten sie gleich kotzen, weil er vom Weg abgekommen ist, was sie ihm bis heute nicht verziehen haben.

Du und die anderen Mädchen zieht euch avantgardistische, festliche Sachen an; du trägst hohe Schuhe von deiner Mama - mit dreizehn hast du schon ihre Schuhgröße -, und nen braunen Cordrock, den hast du eigentlich bei den Pfadfindern getragen. Ihr schminkt euch die Augen, weil außerhalb der Schule kann euch die Baltazarová nix anhaben, und macht euch auf den Weg ins Nationaltheater, mit einer einzigen Eintrittskarte, die ihr euch zu fünft gekauft habt. Ihr habt nämlich eine Strategie! Zuerst geht eine mit all euren Jacken rein und gibt sie an der Garderobe ab. Dann geht sie ins Foyer und steckt die Eintrittskarte unter der Tür durch, und die Zweite geht damit rein, tut so, als wär sie nur kurz nochmal draußen gewesen, und dann die Dritte und so weiter. Du bist die Letzte. Bei der Vierten wird ein Security auf euch aufmerksam. Nicht die alten Damen, die Kartenabreißerinnen in Schaffneruniformen mit ner Nelke am Revers, die so elegant tun, als ließen sie euch zum Nationalschatz schlechthin, sondern die Gorillas, die sich der Baryshnikov mitgenommen hat, und die ihn bewachen, seit er ein Star ist, die passen gut auf, damit niemand seinen originellen, furchtbar langweiligen Stil kopiert oder ihm sein hart erarbeitetes Charisma stiehlt.

In dem Moment, als du die Karte vom Boden aufhebst, läuft so n glatzköpfiger Gorilla mit schrecklichem Gejaule auf dich zu und nimmt die Verfolgungsjagd auf. Du saust davon wie ein Hase, über die Piazzetta vor dem Theater, vorbei am Goethe-Institut, die Moldau entlang, vorbei am Mánes, am Tanzenden Haus, und zur Sicherheit bis zum Palackého náměstí. Dort verschwindest du im Abgang zur Metro und versteckst dich in einer Telefonzelle, obwohl der Gorilla bestimmt schon am Moldauufer aufgegeben hat. Zu Tode erschrocken rufst du deinen Papa zu Hause an. „Papa, ein Polizist verfolgt mich", stöhnst du ganz außer Atem. Und dein Papa entgegnet: „Was hast du angestellt?" „Ich wollte ohne Eintrittskarte ins Nationaltheater, zur Vorstellung vom Baryshnikov." „Na, dann hau ab. Hauptsache, er kriegt dich nicht zu fassen." Ein grundlegender, prägender Rat von deinem Vater. Du nickst, auch wenn er dich nicht sehen kann, legst auf und läufst weiter bis zum Botanischen Garten. Und dabei hast du Papa nicht mal gesagt, dass du das alles in Mamas Zehn-Zentimeter-Absätzen geschafft hast. Man sieht: Die Verfolgungstrainings im Wald machen sich bezahlt.

Ohrfeige

Aneta hat dir abends im Bad eine geklebt. Angeblich weil du ihr auf die Nerven gegangen bist. Es hat ziemlich wehgetan. Du hast gerade deine verschwitzten Feinstrumpfhosen und Dresse gewaschen, ein tägliches Ritual, das weiße, durchsichtige fürs Klassische, bei dem alle deine Brustwarzen sehen, diese Idioten, das schwarze für Modernes und das blaue für Szenisches, das Ančas Mama euch erlaubt, damit ihr euch nicht nackt vorkommt, und euch die Jungs nicht auslachen, weil da was wächst. Und dann noch die Spitzenschuhbänder, nach Meinung der Husová waren die dreckig und du ein Schmutzfink, also hast du auch die gewaschen, und sogar das Haarnetz und die Stoffschläppchen, die dabei ein bisschen eingehen, damit dir auch ja keine Punkte abgezogen werden, weil du nicht ordentlich aussiehst, so wie Aneta, über die sie sich am Elternsprechtag beschwert haben, weil ihr ein paar Härchen an der Stirn abstanden, und die Lehrerin für Klassisches hat gesagt, dass sie aussieht, als hätte sie nen Heiligenschein. Dir ist schleierhaft, was an nem Heiligenschein schlecht sein soll. Aber Aneta hat bestimmt keinen. Die Ohrfeige findest du ziemlich unfair. Aber mit der Meinung bist du allein. Und daher schluckst dus.

Traurig

Ihr seid zu fünft im Zimmer und das fünfte Rad am Wagen bist du. Hast niemanden zum Händchenhalten in der Nacht.

Natálie

Natálie schaffts, dass sie echt alles runterspült. Es macht dich ziemlich wütend, dass sie nicht das gleiche Bedürfnis nach Anarchie hat wie du. Ihr reicht es, den Stress in der Schule mit nem Joint am Abend zu kompensieren, oder mit nem Wein im *Karpfen*, und sie kümmert sich um nix sonst. Nur du möchtest immer auf die Barrikaden gehen, oder zumindest träumst du davon, und jede Ungerechtigkeit, jede Ohrfeige prägt sich tief in deinen Körper ein. Für nen Gegenangriff von unten reichts noch nicht, aber zumindest Spottgedichte auf den Schildi schreibst du. Natálies Mama, die Charaktertanz unterrichtet, ist auch ziemlich in Ordnung. Keine Ballerina, sondern das wandelnde Charisma einer spanischen Tänzerin, obwohl sie es genetisch näher zu Russland hat als zu Spanien – Natálies Oma war im Gulag.

Wenn deine Mutter dich unterrichtet, ist das auch nix, sagt Natálie. Immer ist ihre Note um ein Grad schlechter. Ihre Mama sagt: Ich kann dir echt keine Eins geben, das würd ja blöd ausschauen. Natálie ist das völlig wurscht. Die Noten gehen ihr am Arsch vorbei. Die anderen Profs sind auch nicht unbedingt gut zu ihr. Die Gučavová lässt sie zur Strafe sechzig Rückbeugen machen. Sie steht neben ihr und zählt. Natálie kann schon nach dem ersten Drittel nicht mehr. Am nächsten Tag schafft sies nicht ausm Bett.

Da greift ihre Mama ein. So weit darf es nicht kommen. Und deine Mama bekommt von sowas nicht mal was mit.

Natálie wurde am schlimmsten gedisst, als sie im Kindergarten war. Nachdem sie in den Sommerferien in Russland gewesen war und danach nur mehr Russisch gesprochen hat, haben die Erzieherinnen sie in den Besenschrank gesperrt, wos ganz finster war. Zuerst hat sie gebrüllt und probiert, dass sie irgendwie rauskommt, dann hat sie sich dran gewöhnt und war sogar ziemlich glücklich dort. Zumindest haben sie ihr nicht mit Gewalt Milch eingeflößt, die sie gleich wieder herausgekotzt hat. Vermutlich kann man sich an das Leiden gewöhnen. Du akzeptierst einfach, dass das geschieht, und kämpfst nicht dagegen an. Du schließt die gegen Ungerechtigkeiten überempfindlichen Sensoren, verwirfst das Bemühen, irgendwas zu ändern, und schwimmst mit dem Strom. Auch du selbst würdest gern mit dem Strom schwimmen. Es gelingt dir erst kurz vor der Matura. Aus dir wird ein Fluss der Verzweiflung.

Olgas Tod

Olga Havlová ist gestorben. Deine Mutter trauert. Dauernd redet sie von ihr. Dass sie nur für andere gelebt und den Schwächeren geholfen hat. Deine Mutter hilft auch ständig den Schwächeren. Zuerst Waisenkindern mit Behinderung, dann misshandelten Müttern und deren Kindern, dann den Verrückten aus der Psychiatrie, aber das ist angeblich ne tolle Sache, und schließlich den sterbenden bettlägerigen Alten. Da ist klar, dass du, verglichen mit denen, in ihren Augen ein Star bist. An dich hat sie keine Ansprüche. Nur, dass du gesund bist und kein besonders schweres Leben hast. Du aber willst ein schweres Leben. Geht ja um die Herausforderung.

TAGEBUCHEINTRAG

Ich war mit den Musikanten im La Casa Blue. Ich weiß jetzt, was Bodyshot bedeutet. Alle wollten von mir schlürfen.

Bei den Nonnen

Du bist vom Internat geflogen. Also eigentlich bist du freiwillig gegangen, eigentlich hast du nur eine Verwarnung gekriegt, hättest quasi auf Bewährung bleiben können, aber du hoffst, dass sie dich im neuen Internat, das den Borromäerinnen gehört, nicht dermaßen nerven werden. Es ist besser, auf eigene Faust zu gehen, als rausgeworfen zu werden, sagt Aneta, und überlegt dabei, wie lang sie selbst es wohl noch aushalten wird.

Dominika und Eva sind auch schon bei den Nonnen, weil auf der Neklanka waren sie im Clinch mit den Erzieherinnen. Eva schluckt Antidepressiva, Dominika siehst du fast nie, und dich stecken sie aufn Zimmer mit total fremden Mädchen, die nix mit Kunst machen, um acht schlafen gehen und Kreuzworträtsel lösen. Echt demütigend! Die Schwester Angelika kommt manchmal abends zu dir aufs Zimmer und fragt: Maruška, wie geht es dir?, obwohl du nicht Maruška heißt, und in ihrer Unterredung kommt sie immer auf Gott zu sprechen, und davon wird dir schlecht, weil sowas Intimes, wie an etwas glauben, egal an was, irgendeinen Sinn haben, das bringt dein gesamtes Weltbild ins Wanken, dein Leben.

Bis jetzt hast du geglaubt, dass deine Schule das Wichtigste auf der Welt ist, dass die Professoren immer recht haben, dass man nur so Ballett lernen kann, dass du ihnen danken musst, dass du ausgewählt wurdest, weil „ihr seid die Elite“, wie sie euch jeden Tag einbläuen. Und dass man auf keiner anderen Schule eine Künstlerin aus dir macht. Die Mädchen, die die Schule abbrechen, die wegfallen (also rausgeschmissen werden oder nach einer Vereinbarung die Schule wechseln, mit einer ausgehandelten Vier im Zeugnis), haben ganz einfach versagt, auch wenn sie ne andere Schule besuchen, zum Beispiel die mit „Modernem“, wie die Professorin vom Klassischen angewidert meint, weil nur was klassisch ist, ist das einzig Richtige, modernes Ballett ist Amateurismus, Unprofessionalität, Vergeudung von Technik, aus der Not eine Tugend machen, eine erbärmliche Alternative für alle, die es auf der Staatlichen nicht geschafft haben.

Und keine andere Schule bringt Solistinnen hervor, und aus keiner anderen Schule nehmen sie dich in ein Ensemble auf. Und du willst doch tanzen! Also entweder auf die Staatliche oder nirgendwohin. Und daher trägt ihr alle die Nase hoch, was aber vielleicht eher n Ballerina-Tick ist, ne dumme Angewohnheit ausm Unterricht, wo diese Körperhaltung verpflichtend ist, mit Selbstbewusstsein hat das wenig bis nix zu tun. Chaplinmäßig dreht ihr die Füße nach außen, auch wenn ihr Schlange steht vor dem Bus, und eure bleichen Gesichter, ohne Anzeichen pubertärer Leichtsinnigkeit, schauen immer finster drein, weil ihr todmüde seid, euch alles wehtut, ihr niedergeschlagen seid und außerdem frustriert, weil ihr nie genug seid, aber immer voller Stolz sagt, dass ihr auf der Staatlichen seid.

Wenn du dich selbst nicht liebst, wie sollst du da irgend so nen blöden Gott lieben, von dem die Schwester Angelika ständig daherlabert, den sie bewirbt wie ein Staubsaugervertreter, davon hast du echt schon genug, und dir kommt vor, dass sie ihn dir aufzwingt, aber verdammt nochmal, wenn er existieren würd, dann ließe er doch nie zu, dass du dich dermaßen scheiße fühlst! Wie ein verkörpertes Nichts, wie der letzte Dreck, den du in euren schimmligen Duschkabinen beim Saubermachen übersehen hast! Du hast nicht mal mehr verbündete Schwestern, hast dein Rudel verloren, das dir Halt gab, damit du die täglichen Scherereien in der Schule aushältst. Mit Schwester Angelika wirst du wohl nicht aus dem Fenster schreien, dass der und der Lehrer ein Arschloch ist, um den ganzen Stress und Hass loszuwerden, der sich in dir anhäuft. Du musst dich zerstören, das zerstören, was du liebst, weil wenn sie dir das nehmen, macht nix mehr Sinn, dann verlierst du dich, gibt es dich nicht mehr, bist du nichts mehr, bedeutest nichts mehr, hast kein Ziel und keinen Grund, warum du morgens aufwachen, aufstehen und was tun sollst, und genauso fühlst du dich aber, wenn du im fremden Internat aufwachst, wo diese Klosterschwestern lautlos um dich herumschleichen, die wie Krähen aussehen, manche freundlicher, manche reservierter, für die du aber genauso anonym bist wie für alle anderen.

Hier sind zweihundert Mädchen und du hast keine Vergangenheit. Niemand weiß, wer du bist, auf welche Schule du gehst, was du durchmachst, oder wann du abends heimkommst. Niemand brüllt dich an oder weist dich darauf hin, was du noch nicht erledigt hast, weil sie nicht mal deinen Namen kennen. Du bist eins von vielen einsamen Gesichtern, eins von den vielen Mädchen aus dem Internat, die nicht mal Kunst machen, die langweilig sind, normal, uninteressant, nicht gegen die Erzieherinnen rebellieren, sich nicht gegen das System auflehnen, weil sie mit keinem System in Kontakt kommen, die nichts haben, wofür sie kämpfen und wodurch sie Gegenenergie erzeugen.

Es ist besser, gegen etwas Konkretes zu kämpfen, als gegen die innere Leere. Du überlegst, zurück auf den Vyšehrad zu ziehen. Man muss seine Feinde kennen, man muss für ein Ideal kämpfen, nicht nur gegen sich selbst. Man muss die Zähne zusammenzubeißen und trotz aller despotischen Qualen die Schule fertigmachen, allen den Mittelfinger zeigen und sie fertig machen, alles schaffen, obwohl sie dir jeden Moment zu spüren geben, dass du es nicht schaffst, dass du es nicht aushältst, dass sie dich brechen werden.

Du musst glauben. Daher sagst du zur Schwester Angelika, dass du glaubst, aber nicht an ihren Gott, sondern an deinen eigenen, an den, der keine saublöden Regeln hat, auch keine Zehn Gebote, auch keine unbefleckte Empfängnis, dass du an den glaubst, der in den Momenten bei dir ist, in denen du dich selbst verfluchst, wenn du langsam vom Crystal runterkommst während du Samstagfrüh mit dem Zug zu deinen Eltern fährst, und sich sechs Pfadfinder mitsamt dem Gruppenleiter zu dir im Abteil setzen, und die ganze Strecke von Prag nach Pilsen auf der Gitarre spielen und fröhliche Pfadfinderlieder von Gerechtigkeit und Brüderlichkeit trällern, während du deinen Kopf in der Kapuze versteckst, die Fensterscheibe besabberst, zitterst und echte Höllenmarter erlebst. Dein Crystal-Kater ist zum Glück so furchtbar, dass du für den Rest deines Lebens nen Riesenbogen um den Stoff machst. Danke, Gott, dass du mich eine echte Pfadfinderhölle durchmachen hast lassen. Du murmelst dein Gebet gegen die Glasscheibe, und weißt, dass dich das gerade davor gerettet hat, den Drogen zu verfallen, wie Honza, wie Klára, wie Ivana und auch wie Aneta, die einen knappen Monat später damit beginnt, weil was sonst macht man denn am Arsch der Welt, in Chomutov, nachdem man von der Eliteballettschule geflogen ist.

Zurück in der Neklanka

In der Clique erlebte Qualen sind besser als Depressionen in Einsamkeit. Nach nem Bittschreiben hast du zurück in die Neklanka ziehen dürfen, ins Internat auf dem Vyšehrad gleich neben der Unterführung mit den Perverslingen, in der sich regelmäßig einer den Schwanz wichst, oder euch auflauert, weil er weiß, dass da junge Mädchen aus der Schule zurückkommen. An die Perverslinge und die primitiven Erzieherinnen, die jeden Tag Punkte fürs Putzen vergeben, hast du dich schon gewöhnt. Du beschließt, diesmal durchzukommen. Ohne Disziplinarverfahren und Verwarnung, weil es gibt eh keine andere Möglichkeit mehr. Und wenn dir so ne Kuh von Erzieherin sagt, dass da ein Fleck auf dem Boden ist, und dass du den sofort wegwischen sollst, dann wirst du diesen nicht existierenden Fleck mit der allergrößten Verachtung und voller Hass entdecken und wegmachen. So entkommst du wunderbar delikat klingenden Einträgen wie „Sie lacht mich vor meinen Augen hinter meinem Rücken aus" – den hat Lýdie gekriegt –, und auch nem Verweis aus der Direktion wegen Nichteinhalten der Ordnung.

TAGEBUCHEINTRAG

Der Schildi hat uns richtig fertiggemacht,
alle aus meinem Jahrgang seien unfähig und
er wird uns nicht durchkommen lassen, so nen
schwachen Jahrgang hätte er noch nie gesehen.
Na klar hat er das nicht, über mir sind die
Kinder von den Profs, noch ne Klasse drüber
die junge Kornová und unter uns die Ester,
deren Mama Schmiergeld zahlt,
damit die Ester durchkommt.
PS: Ich hab schon wieder nen
delikaten Eintrag im Mitteilungsheft!

Im Andys mit Obal

Eines Tages hat Natálie den Kozel angeschleppt. Und der dann den Obal. Nen Maler aus Bohnice, also bis auf nen kleinen Zwischenfall nur aus dem Wohnviertel da, nicht ausm Irrenhaus, und der malt auf Züge. Das Illegale reizt ihn, das macht Spaß, ist Freiheit, weil, wie er sagt, dieses Land, das genauso wie deine Clique gerade in der Pubertät ist, auch keine Gesetzte kennt. Und daher macht er Street. Seine Devise ist: Das System kaputtmachen, und er setzt dazu ne harte Mine und Intonation auf, und das findest du wahnsinnig revolutionär.

Stundenlang sitzt er im Andys vor nem Teller Kroketten mit Sauce tartare und redet so Anti-Establishment-Zeugs, von nem Staat, in dem die Leute richtig schnell reich und richtig schnell arm werden. Weil das System ist die Hölle. In dem Punkt seid ihr euch einig. Alle Autoritäten gehen euch am Arsch vorbei – obwohl du dir ja wünschst, eine zu finden, jemanden zu haben, der dein Vorbild sein könnte. Aber egal wie sehr du suchst: Da ist da nix und niemand.

Na gut, vielleicht dein Opa King, der hat die Angewohnheit, dich mit zwei Fingern am Hinterkopf zu führen und so mit dir, dem Stolz der Familie, herumzuspazieren, aber der ist weit weg. Und daher bist du fasziniert von Obals Despekt gegenüber jeder Institution, jeder Uniform, jedem Bullen, und im Geist wünschst du dir, genauso hart zu sein wie er, was du aber nie sein wirst, denn auflehnen wirst du dich immer nur im Rahmen der Normalität, in Diskussionen, mit dem Hirn. Als würdest du mehr denken als machen. Die komplexbeladene Chemielehrerin, die Šourková, führst du einfach hinters Licht, als sie dir einen Klassenbucheintrag geben will, weil du kannst immer alles erklären, und sie bewundert dich sogar noch dafür.

Ihr sitzt unter dem Bildnis von Marge Simpson, nippt Bier und du fragst Obal, ob ihn die Bullen mal erwischt haben beim Malen. Er lacht und sagt: „Wenn die Idioten angedackelt kommen, die schaffens ja nicht mal richtig ausm Wagen, behängt mit ihren Knüppeln und Monster-Funkgeräten, und bis die ausgestiegen sind, stehen wir schon oben auf der Brücke und spucken auf sie runter."

Er ist in ner Clique mit so Jungs, die er von den Bahnhöfen kennt, er ist in der TMC oder NBC, vielleicht sogar in beiden. Sie treffen sich jeden Freitagabend bei der Reiterstatue am Wenzelsplatz, manchmal kommen sogar fünfzig, und gehen zuerst saufen und dann malen. In der Clique sein ist das Wichtigste. Die Clique ist halt deine Familie, wenn du sonst keine hast. Sie gibt dir Sicherheit, hebt deine Stimmung, wenn die mal im Keller ist, und unterstützt dich auf deinem Weg. Du kannst sein, wer du sein willst. Du kannst dir sogar erlauben, zu heulen. Die Clique ist dein Papa und deine Mama. Obal hat son naives Lächeln, du hast fast das Gefühl, dass du n bisschen verknallt bist in ihn. Aber nur platonisch!

TAGEBUCHEINTRAG

Die Mädchen aus der Klasse sind tote Fische, Streberinnen oder solche, die garantiert bald fliegen. Nur ich und Dominika sind Intellektuelle, das ist völlig klar …

TAGEBUCHEINTRAG

Michael Jackson ist in Prag!!! In der Schule ging die Meldung um, dass er sich unsere Klassikstunde anschauen kommen will. Und wir haben uns bemüht wie verrückt, ich hab mir die Augen geschminkt, so wie er immer, obwohl mir dafür ein Eintrag gedroht hat. Am Ende ist er nicht gekommen. Also haben wir den Chlebeček überredet, dass wir in der Mathestunde zu seinem Hotel gehen, und haben da gewartet, dass er vom Balkon runterschaut. Aber er hat nicht runtergeschaut. Daher haben wir im Internat seine Plakate geküsst und den Zungenkuss dabei geübt.

Natálie und die Zednářová

Natálie ist nicht mehr der Liebling von der Zednářová. Heute hat die Zednářová Natálie beim Battement fondu gestoppt und dann gemeint: „Du, Natálie, ich wundere mich, dass die Petra hinter dir überhaupt noch motiviert ist zu arbeiten. Weil wenn ich mir dich anschau, wie du heute arbeitest, demotivierst du alle. Also pack deine Sachen und geh." Und sie hat Natálie aus dem Unterricht geworfen. Aber Natálie hat es ziemlich lange ausgehalten: Vierzehn Tage war sie der Liebling, das ist ein gigantischer Rekord.

Wochenenden bei Fremden und der Traum vom eigenen Zimmer

Du hast wieder mal nix zum Übernachten. Der Samstagsunterricht macht dich zu ner Wochenend-Obdachlosen. Das Internat hat zu, aber du musst in die Schule, deine Eltern sind dreihundert Kilometer weit weg, bei wem wirst du diesmal so tun, als wärst du das bravste und bescheidenste Mädchen der Welt?

Du bist Expertin in der Anschaffung von Pralinen als Dankeschön. Jedes Wochenende bei anderen Leuten, in nem anderen Bett, mit nem anderen Duft oder Gestank, manche wollen reden, also fragen sie dich aus, andere wollen dich nicht sehen, je weniger sie wissen, umso besser. Manche glauben, dass sie dich mit deinen elf Jahren erziehen sollten, oder zumindest kontrollieren, und später, wenn du fünfzehn bist, wissen andere nicht mal von dir, weil du heimlich dort bist.

Kri-Kris Mama stellt ein Programm für dich zusammen. Ihr geht auf die Karlsbrücke, dort hängt sie dir eine Python um den Hals, und später schickt sie ein Foto davon an deine Mutter, die dann fast durchdreht. Bei Jitka zu Hause verkriecht ihr euch mit den zwei Bulldoggen in ihrem Kinderzimmer, du bekommst den oberen Platz im Stockbett, ihr Bruder muss woanders schlafen, und alles an dir riecht nach Zigaretten, weil sie echt überall rauchen, also kannst du getrost auch selber rauchen. Bei

Valérie zu Hause wird gestritten. Ihr Vater sagt, wenn sie schon Freundinnen mitbringt, dann sollten die auch was arbeiten, also wischt ihr die Böden, wascht das Geschirr und bringt den Müll raus.

Einmal nimmt Jana dich auf, die kennst du gar nicht, aber sie studiert auf Lehramt und wohnt im Wohnheim. Heimlich schleust sie dich an der Pforte vorbei und du schläfst auf einer Matratze auf dem Boden. Dann organisieren dir deine Eltern ne Übernachtungsmöglichkeit bei Bekannten von Bekannten. Familie Choroš, die wohnen bei der Vysočanská und haben zwei erwachsene Kinder. Du schläfst bei Karel, der ist 18, und hat son Mini-Zimmer, sein und dein Bett trennt nur ein Aquarium, und er starrt dich die ganze Zeit zwischen die Fische hindurch an. Aber einmal in der Nacht, um drei Uhr früh, zeigt er dir Trainspotting, grundlegende und nützliche Informationen.

Dann kommst du mal bei Tante Petra unter. In der Straßenbahn versperrt dir ihr Mann mal mit nem schwarzen Handschuh den Entwerter, weil du ihm gerade eben verraten hast, dass du schwarz fährst und die Fahrkarte erst dann abstempelst, wenn du nen Kontrolleur siehst. Das Problem ist: er ist Kontrolleur. Ansonsten ist bei jeder fremden Familie immer alles schrecklich. Wenn du mit ihnen zu Abend isst, und du so tun musst, als wär das Essen richtig gut, wenn du mit ihnen fernschaust, obwohl dich das überhaupt nicht interessiert, oder wenn sie mit dir rausgehen und vortäuschen, du wärst ihr eigenes Kind. Das ist dann schon echt peinlich. Und immer stellen sie dir Fragen, und du bemühst dich, alles so zu machen, wie sie es wollen, und so zu sein, wie sie wollen, und denkst dabei an die Mädchen aus dem Internat und daran, was fürn Riesenspaß das mit denen wieder sein wird.

Wenn du der Miet-Familie nicht gefällst oder sie keine Lust mehr auf dich haben, musst du dir eine neue Wochenend-Familie suchen. Das passiert ziemlich häufig, denn wer möchte denn länger als drei Wochenenden hintereinander ein fremdes Mädchen in der eigenen Wohnung haben. Überall bist du ne Fremde, ein Eindringling, überall störst du, überall wirst du nur geduldet, auch wenn sie so tun, als wär das in Ordnung. Diese stundenlange Leere, Langeweile, wenn du auf einer provisorischen, manchmal sogar bezogenen Matratze sitzt, so tust, als würdest du lesen, aber nur daran denkst, was für Idioten das sind.

Du träumst von nem eigenen Zimmer. Einem klitzekleinen, das nur dir gehört. Man betritt es durch eine geheime, unsichtbare Tür, aus dem Zimmer, in dem du gerade jetzt bist. Du konzentrierst dich einfach ganz fest, und mit nem Disney-Knall taucht eine kleine Tür an der Wand auf. Nur du kennst den Code. Du öffnest die Tür und dahinter ist das allerschönste Zimmer, das du dir nur vorstellen kannst. Da steht ein oranges Sofa aus Kunstleder, darauf zwei große Kissen, und eine orange Hängematte baumelt von der Decke; es gibt eine ganz kleine orange Küche, wie eine Puppenküche, einen dicken, zottigen Teppich, eher gelb, aber auch ein bisschen orange, einen großen Fernseher mit deinen Lieblingsfilmen, ein Ergometer, damit du nicht zunimmst, und der Kühlschrank ist immer vollgepackt mit gesundem und teurem Essen, und von der Decke hängen so orange-blaue, leuchtende Lampions, und es riecht nach Räucherstäbchen mit Orangenduft, die du aus den Teehäusern kennst, wo du meistens deine leere Wochenendzeit verbringst.

Das Orangenzimmer gehört nur dir. Es hat keine Fenster, weil die hast du dir nicht herbeigezaubert, du möchtest nicht von der Außenwelt gestört werden, du möchtest eingeschlossen sein, eingewickelt, versteckt im eigenen Bau, ohne die permanente Kontrolle von Schnüfflern. Nicht wie auf dem Internatszimmer, in dem nicht nur die Erzieherinnen, sondern auch deine Schwestern alles bewerten, was du machst. Dein Orangenzimmer ist ein geheimes Beratungszimmer. Wenn du Bedarf hast, erschaffst du dir einen Berater, der erscheint und verschwindet, wann auch immer du es möchtest. Nie schickt er dich weg, er ist nicht ratlos, wie deine Eltern, nicht herrisch, wie die Möchtegern-Autoritäten, nicht überschlau, wie die Eltern deiner Mitschülerinnen, und auch nicht heimtückisch und verrückt, wie deine Schwestern. Immer hat er die richtige Antwort parat. Nur er kennt dich wirklich. Er hat kein Gesicht, auch keinen Körper, du weißt nicht, wie er aussieht, weißt aber, dass er da ist. Vor ihm kannst du ohne Scham weinen, wenn dich wieder mal alles traurig macht. Alles, dein Leben, das sich manchmal richtig schwer lebt.

TAGEBUCHEINTRAG
(aus dem Vorsaal)
Ich weiß die Noten!

Klassisches – 2
(wenn ich dünner wär, hätt ich eine Eins,
ich hab 54 kg – pfui, pfui, pfui)

Modernes – 1, super!

Szenisches – 2
(es gab keine Eins)

Charaktertanz – 1

Volkstanz – 1

Partnertanz – 4 !!!
(ich hatte meine Linsen vergessen und hab deshalb überhaupt nix gesehen, aber das hat niemanden interessiert! Und obwohl ich im ersten Halbjahr ne 1 hatte, haben sie mir ne 4 gegeben; meine erste Vier im Zeugnis)

TAGEBUCHEINTRAG
(aus dem Zug nach Hause)

UNGLAUBLICH!!!!!! Zum ersten Mal werde ich im Nationaltheater auf den Bühne stehen. Das war so: Dominika und ich laufen vom Klassischem von Na Rejdišti in die Křižovnická rüber, und die Baltazarová hält uns auf. Ich denk mir noch, ohje, die will uns wieder irgendwas predigen, und wir setzen Lächeln Nummer 28 auf und zwicken die Pobacken zusammen. „Ihr wisst Bescheid, ja?“, fragt sie, als hätten wir wieder mal was angestellt. „Am Montag!“ Wir begreifen nicht, nicken aber lieber, damit wir nicht ausgeschimpft werden, weil wir solche Idiotinnen sind. Später finden wir heraus, dass wir Prinzessinnen bei Schwanensee spielen werden! Wir könnens kaum glauben, aber es stimmt. Ich renne wie verrückt durch die Schule und umarme jeden, den ich treffe, und erzähle die Neuigkeit. Niemanden interessierts, aber das stört mich nicht. Ich freu mich wahnsinnig.

TAGEBUCHEINTRAG
(aus dem Zug nach Prag)

Die Schwanenjungfrau hatte Attitudes, die ham ausgesehen, wie wenn ein Hund pinkelt. Hinter der Bühne hat sie sich mit dem Prinz ganz arg gestritten, aber sobald die zwei auf der Bühne standen, waren sie ein Herz und eine Seele. Als ich beim dritten Akt auf nem Stuhl saß, juckte meine Nase ganz schlimm, aber ich hab mich nicht kratzen können. Schrecklich. Aber ich habs ausgehalten. Es ist echt Wahnsinn, mit ihnen zu tanzen. Dominika und ich haben uns den letzten Akt von oben angeschaut, von der Seilrampe über der Bühne, das war wunderbar! Ich freu mich auf morgen.

Aneta und die Figur

Aneta ist richtig sauer von der Schule gekommen. Das wird wieder was geben, denkst du dir. Sie ruft euch alle zu sich und erzählt: „Weil ich am Freitag nicht in der Schule war, hab ich vergessen, zu melden, dass ich Salat zum Mittagessen will, so wie immer, und sie haben mir automatisch Menü 1 zugeteilt. Und da gabs heute Knödel, na und ich hab die halt gegessen. Und die Sekretärin hat mich gesehen und bei der Zednářová verpetzt. Und die hat mich im Unterricht gleich zusammengestaucht, wie das möglich sein kann, so wie ich aussehe, und dann stopf ich mir auch noch Knödel rein. Ich hab versucht, ihr alles zu erklären, dass ich nie Knödel essen würd, dass das n Irrtum war, aber sie hat gedacht, dass ich das absichtlich gemacht hab, diese alte Sau. Und dabei ess ich eh schon ein halbes Jahr lang nur dieses abscheuliche Grünzeug, damit ich endlich auf die Bühne kann." Dass sie im Unterricht zu heulen angefangen hat, verschweigt sie, weil das würde ihre Autorität mindern.

Mutter und die Socken

Deine Mutter ist besessen von dicken Socken. Immer wieder steckt sie dir welche zu. Jedes Mal, wenn du nach Hause fährst, bekommst du mindestens zwei Paar. Sie lässt die extra für dich stricken. Damit du keine Blasenentzündung bekommst, oder Uteruszündung. Dein Uterus interessiert deine Mutter überhaupt gewaltig.

Mutter und das Essen

Deine Mutter schleicht um dich herum wie ein Luchs und kontrolliert, ob du alles aufisst, was sie dir gibt. Sie ist unglaublich hartnäckig. Alle paar Minuten serviert sie was, Schinkenbrote, Joghurt, Fruchtmus, nen Obstteller, Kuchen, und wenn du dann zum Abendessen nicht drei Brote mit Fischaufstrich isst, sagt sie, dass du ja gar nichts isst und bald sterben wirst. Du hast es schon begriffen, deine Mutter spielt das Kamelspiel mit dir. Sie legt dir nen Vorrat an, für die ganze Woche, damit du dann problemlos hungern kannst.

Mates

Du hast nen Freund. Er heißt Mates. Hast ihn auf ner Parkbank hinter der Schule getroffen, die teilt ihr euch zur Hälfte mit den Leuten von der Kunstuni. Ihr Elevinnen schleicht euch wie Ratten ans Flussufer, um eine zu rauchen, während die Kunststudis überall qualmen können, in den Gängen und in den Ateliers; kurzum, ihr seid zwei gänzlich verschiedene Gattungen.

Der Geist der künstlerischen Freiheit sickert – in einem gemeinsamen Gebäude, abgetrennt durch eine dicke Mauer – nie bis zu euch Ballerinen durch; von der Existenz dieser Parallelwelt der Kunst habt ihr keinen blassen Schimmer. Und so stehst du mit dem Tutu unterm Arm, das aussieht wie ein riesiger weißer Teller, auf dem Kinderspielplatz in diesem Mini-Park hinter der Schule, auf dem Lüftungsschacht von der U-Bahn, aus dem permanent warme Luft strömt, und wenn du ein Kleid anhättest, würd es hochfliegen, wie bei Marilyn Monroe. Du aber ähnelst eher einer Obdachlosen, zitterst vor Kälte, bist eingepackt in warme Schichten, selbstgestrickte Klamotten, und in der Pause zwischen Biologie und Volkstanz saugst du intensiv den Dunst rebellischer Freiheit ein. Du rauchst starke Marlboro, weil du stark sein willst, du musst ja deine Zerbrechlichkeit irgendwie ausgleichen, angeblich siehst du ja aus wie ne Puppe, obwohl du schon vierzehn bist, und immer wie eine Ballerina, was sich angesichts der perfekten Körperhaltung, dem glatt frisierten Dutt und dem Tutu nur mühsam kaschieren lässt.

Einmal saß da Mates auf der Lehne von ner Bank und es war sofort klar, dass er kein Balletttänzer und kein Schauspieler war, sondern Chemiker. Eine naive Visage mit Brille. Unter der Bank hatte er sein Skateboard, in der Bauchtasche von seinem Kapuzenpulli nen Filzstift, weil er die Bank gerade erst getaggt hatte, um ja nicht übersehen zu werden, um seine Stadt zu markieren, wie wenn Hunde überall hinpissen und ihr Revier markieren. Skaten konnte er ziemlich gut, und Klavier spielen auch. Damit hat er dich rumgekriegt. Ein Skater, der Klavier spielt, wie du!

Und daher trägst du jetzt so ne weite Männerhose aus dem Secondhandladen, nen Kapuzenpulli und ne Schiebermütze mit Abzeichen, immer verkehrt herum aufgesetzt, und du überlegst, dir auch nen Filzstift zu besorgen. Einmal hat dich die Vizedirektorin erwischt, wie du in diesem Aufzug über den Gang marschiert bist. Sie hat dich am Kragen gepackt und an dir gezerrt, fast hätte sie dir die Kapuze abgerissen, das Symbol der Unnachgiebigkeit, und dich angeschrien, ob dir denn klar ist, auf welcher Schule du bist, und wenn du so daherkommst, dann verschwindest du besser gleich.

Seitdem hast du zwei Outfits, ein vorgeschriebenes, sauber gewaschenes für die Schule und das coole, anarchistische zum Rausgehen. Mit Mates hörst du Chaozz, weil das Freunde sind von ihm. Rap hast du bis dahin nicht gekannt, und dann auf einmal: weiße Jungs, die politisch engagierte Musik machen, und außerdem ins gleiche Lokal gehen wie du. Ins Radost FX. Da gehst du vormittags hin, statt der Schule, wenn dus nicht mehr aushältst und du schon echt neben dir stehst, und bestellst dir nen Bananen- oder Erdbeer-Milchshake und legst dich auf eine der gemütlichen Couches in der Lounge hinter dem Café, rauchst Marlboro, wie Mates, schreibst Tagebuch, und wartest, bis du wieder Lust auf die Schule bekommst. Oder du zeichnest Karikaturen, zum Beispiel diesen schwarzen Musiker, Philip Nikwé, der dort nachmittags Keyboard spielt und französisch singt, mit dem du dich in schlechtem Französisch unterhältst, und der seine CD gegen eine deiner Zeichnungen tauscht, worauf du superstolz bist, nicht nur, weil er der erste Schwarze ist, den du bisher gesehen hast.

Die Jungs von Chaozz gehen mit der ganzen Clique ins Radost, sitzen auf den Couches gar nicht weit von dir und unterhalten sich angeregt über irgendwas. Du versteckst dein Tagebuch, in dem du dir immer wieder deine Fehler durchgelesen hast (im Piqué auf der Diagonale hast du nicht genug Spannung in den Armen, beim Grand battement rückwärts streckst du die Knie nicht durch, beim Fouetté verdrehst du das Standbein nach links), und holst das allerdickste Buch heraus, damit du mit deinen vierzehn Jahren aussiehst wie eine Intellektuelle, und ziehst den dicken Pulli aus, damit alle dein Batik-T-Shirt sehen können, das du selbst gefärbt hast. Aber es funktioniert nie. Nur bei Mates, der meint, dass du richtig intellektuell ausschaust, und ob ihr nicht übers Wochenende gemeinsam in sein Ferienhaus fahren wollt.

Dir ist klar, dass es dort wohl passieren wird, dass er dich in das Geheimnis der Erwachsenen einweiht, weil er ist drei Jahre älter, und du leihst dir Evas grüne Satinunterwäsche aus, damit er dich nicht in deiner weißen Schlabberunterhose sieht. Mates macht Feuer im Kamin, öffnet ne Flasche billigen Wein, und bringt dich ins Schlafzimmer der Eltern unter ein schweres Federbett. Du zitterst von Kopf bis Fuß und hoffst inständig, dass das von der Kälte draußen kommt. Mit halblauter Stimme gestehst du ihm, dass du noch Jungfrau bist, und Mates antwortet, dass er das nicht machen kann. Dass du entweder echt unerfahren sein müsstest, oder echt erfahren, aber sowas dazwischen, das ist am schlimmsten, und daher passiert gar nix und ihr reist einen Tag früher als geplant wieder ab. Und dann geht Mates mit Eva, also kommt die grüne Satinunterwäsche letztendlich doch zum Einsatz.

Eva ist nicht mehr die Auserwählte

Eva ist von der Schule geflogen! Du bist es schon gewöhnt, dass rausgeworfen wird wegen Unzulänglichkeiten in der Technik, wegen großen Brüsten und dicken Schenkeln, wegen nem flachen Spann und nem fetten Hintern, oder weil man insgesamt nach allen Seiten wächst, aber Eva hatte nichts von dem. Im Halbjahreszeugnis hat sie ein Nicht genügend bekommen und gehen müssen. Eva war talentiert, konnte aber ihren Mund nicht halten. Einige Male hat sie sich erlaubt, zu argumentieren, sich rauszureden, für alles ne Erklärung zu haben, und sogar die Anschuldigungen anzuzweifeln, die sich nach und nach in ihrem Studienbuch häuften.

Einmal hatte sie die Spitzenschuhbänder falsch angenäht, ein anderes Mal war sie nicht ordentlich frisiert, ihr Dutt löste sich, dann kam sie zu spät, weil jemand sie in der Garderobe eingeschlossen hatte, was wirklich stimmte, einmal waren ihre Spitzenschuhe nass, weil jemand sie ins Wasser geworfen hatte, was auch stimmte, und sie erlaubte sich sogar, in einem andersfärbigen Trikot zu kommen, nicht im vorgeschriebenen weißen, sondern in nem grauen, weil sie die Menses bekommen hatte und am weißen Triktor nen riesigen roten Fleck im Schritt hatte, und immer wenn sie erklärte, was passiert war, wurde ihr gesagt, dass sie unordentlich und frech sei, oder, von den freundlicheren Professoren, „nicht demütig genug."

Demut ist auf jedem Elternsprechtag Thema, und bei jeder Abschlussprüfung, wenn neben der Tanztechnik und der Figur auch das Verhalten bewertet wird. Du musst den passenden Charakter haben. Und um die Demut jeden Tag, in jeder Ballettstunde, am Anfang und am Ende, sorgfältig zu üben, verneigst du dich vor dem Professor. Das sind deine demütigen Danksagungen dafür, dass du am Unterricht teilnehmen durftest, Danksagungen, dass sie dir ihr meisterhaftes Können übergeben, dafür, dass du die Chance bekommen hast, hier verkrampft auf einem Bein im Relevé auszuharren.

Oh danke, Schmerz, dass ich dich haben kann, oh danke, blutig geriebene Zehenspitzen, oh danke, gigantischer Hunger, dass du mir zu erkennen gibst, wer ich bin! Und je tiefer du dich verbeugst, desto besser ist der Eindruck, den du hinterlässt. Du leckst den Boden, den Kopf fiebrig nach unten gebeugt, dein Blick ist leer, das ist die ergebene Traurigkeit eines Infanteristen, soldatischer Volleinsatz, die Ader auf der Stirn schwillt an, und du bist bereit, dich zur Gänze zu opfern; du hast doch das Privilegium bekommen! Auf deinen Platz warten zehn weitere.

Und so verbeugst du dich, also bedankst du dich, du bedankst dich verzückt, demütig und mit einem tiefen, pathetischen Atemzug, sechsmal täglich. Ungeachtet der Tatsache, dass die Franzová euch beim „freien Üben" (was kein freies Üben ist, im Gegenteil) anbrüllt, dass ihr am Wenzelsplatz Würstel verkaufen könnt, dass ihr Amateure seid, dass aus euch nix wird, dass ihr faul seid, und sich das ganz bestimmt an euren Endnoten bemerkbar macht, und wer wird dann in die nächste Schulstufe aufsteigen, na? Und um einen noch stärkeren psychologischen Effekt zu erzielen und die Rivalitäten unter euch noch zu verstärken, lobt sie Bára, alle sollen sich ein Beispiel an ihr nehmen, weil sie ist die Einzige, die was kann, die Einzige, die das Ansehen eures Jahrgangs rettet, ohne sie wärt ihr der schlechteste Jahrgang der ganzen Schule. Außerdem, damit jede einen Funken Hoffnung verspürt, dass das eigene Wahnsinns-Mega-Bemühen nur ein bisschen Sinn hat, wird die Eine, die Auserwählte, die, der die ganze Aufmerksamkeit der Stunde geschenkt wird, die, mit der gesprochen wird, die, die von der Franzová korrigiert wird, der sie manchmal auch begeistert „Gut!" und „Schaut euch das an, so macht man das!" zuruft, die, die mit Kosenamen angesprochen wird, regelmäßig ausgewechselt: Barborka, Lenička, Sylvuška, und so weiter, je nachdem, wer sich gerade am meisten bemüht. Und wer am demütigsten ist!

Aber du kannst dein weißes Trikot nassschwitzen, wie du nur willst, deine Bemühungen bleiben heute vorsätzlich unbemerkt, weil den Blick der Professorin musst du dir schon verdienen, den bekommst du nicht einfach so, der fällt nicht vom Himmel, und mit ihrem Desinteresse stachelt sie dich noch mehr an, du musst dir den Blick erarbeiten. Wenn du im Ausland bei einer Master Class wärst – und die Franzová ist garantiert eine Master –, würdest du für so einen Blick in Dollar bezahlen müssen! Und hier bekommst du ihn gratis! Und daher strengst du dich so sehr an, bis du zitterst, du zitterst am ganzen Körper, und letztendlich nimmst du auch diesen Krampf in Kauf und drehst den Kopf zum Jüdischen Friedhof vor dem Fenster, damit du Motivation hast, diesen Schmerz auszuhalten. „Alter, und warum tust du das?", fragt dich Mates mal verständnislos. Na, weil du das liebst, also nicht den Schmerz, aber den Tanz, und du später mal tanzen willst, weil du die beste Ballerina auf der Welt sein willst, also bist du megabereit wirklich alles auszuhalten.

Die Stunde geht zu Ende, und gemeinsam mit den anderen bedankst du dich zur Musik von Gounod, die der gähnende Korrepetitor, der immer zu spät kommt, auf dem Piano dahinklimpert. Es folgt der gemeinsame Applaus, begeistertes Klatschen für die pädagogische Leistung der Franzová und dafür, dass sie an euch arbeitet, dass sie etwas aus euch macht, und ihr daher später nicht auf dem Wenzelsplatz Würstel verkaufen müsst. Und wenn sie mit ihrer hässlichen schwarzen Ledertasche wankend den Saal verlässt, lauft ihr noch mal individuell zu ihr und macht einen persönlichen Knicks, wie ein Page vor einer Königin, sogar dann, wenn sie euch den Rücken zudreht und rausgeht, wenn sie euch nicht sieht, wenn sie schon um die Ecke verschwindet, noch auf Distanz verbeugt ihr euch vor ihr, vor ihrem Rücken, weil sie hat einfach überall Augen. Aber wegen Eva bekommt sie diesen persönlichen Knicks von dir heute nicht!

Das Tagebuch und die erste Erwähnung deines Bruders

Damit du herausfindest, wer du bist, schreibst du Tagebuch. Es besteht vor allem aus Überlegungen dazu, wie ekelhaft Sex ist, aus einer Aufzählung der eigenen Fehler in langen, schlangenartigen Listen, aus geistreichen Zitaten romantischer oder skeptischer Autoren und ausgedachten Dialogen mit einem imaginären Freund, die meistens mit dem Wort „Warum?“ beginnen, gefolgt von einer richtig geistreichen Antwort im Stil billiger Horoskope, inklusive Tod, Gott, Weltall und selbstverständlich Ballett, auf das verweisen sowohl Gott als auch der Tod.

Klar ist, würde deine Schreiberei auffliegen, dann wär das ganz schön peinlich. Deine Freundinnen dürfen das auf keinen Fall lesen, weil keine von ihnen so krass vom Ballett angetan ist wie du, und deshalb hast du diesen nicht existierenden Kumpel, dem du anvertrauen kannst, dass du nicht dieses harte Mädchen bist, für das du dich ausgibst, dass du wahnsinnig romantisch bist und regelmäßig deinen persönlichen lieben Gott bittest, „Lieber Gott, bitte, bitte, gib mir die Kraft, alles zu überleben und die Berufung zu erfüllen, die du mir gegeben hast“, an den du vollkommen und ohne Abschweifungen aus ganzer Seele glaubst, obwohl du dir nicht sicher bist, was nun wirklich deine Berufung ist. Und dann passiert es.

Deine Oma feiert Geburtstag, und du bist am Wochenende zu Hause, am Ende der Welt, im Revier der Loser, und du läufst ihr über den Weg. Sie, gut gelaunt, merkt wohl plötzlich, dass du schon reif bist für die Wahrheit, und zwischen der Vorratskammer mit den eingelegten Gurken und dem Klo ohne Waschbecken, auf grauem Linoleumboden, erfährst du von ihr – sie trägt eine Kleiderschürze mit rumänischem Blumenmuster –, dass du einen Bruder hast. Was du eigentlich nicht hättest erfahren sollen, es ist ihr aber herausgerutscht. „Ich hab gedacht, sie habens dir schon gesagt!“ Sie tut, als wär sie überrascht.

Was für ein Bruder? Wer hat einen Bruder? Wieso nen Bruder? Einen Bruder??? Du hast irgendwo einen Bruder, von dem dir niemand was gesagt hat? Du hättest also ganz ruhig weiterleben, ja sogar sterben können, ohne davon je gewusst zu haben?! Dein ganzes hartes, fünfzehn Jahre langes Leben halten sie dich in der Unwissenheit! Die ganze Zeit über verheimlichen sie dir einen Teil der Wahrheit, einen Teil deines Blutes, womöglich einen Teil deiner selbst, den fehlenden Teil, der das Loch in deiner Seele hätte füllen können. Dein Bruder lebt auf dieser Erde und du weißt weder wer das ist, noch wo in aller Welt er sich gerade aufhält.

Eigentlich hätte eine Lawine an Fragen kommen sollen, aber es sah nicht so aus, als wollte deine Oma sie beantworten. Angeblich hatte Papa ihn mit einer Frau bekommen, noch bevor er Mama kennenlernte, aber auch deine Oma kennt ihn gar nicht, und sie hat ihn auch nie gesehen. Einmal, als er zehn war und du acht, seid ihr gemeinsam auf derselben Bühne im Regionaltheater gestanden und habt nicht voneinander gewusst. Er hat Geige gespielt und du hast getanzt.

Du weißt nicht, ob du Erleichterung verspüren sollst, dass es sich nicht um ein krankes oder zurückgewiesenes Kind handelt, das im Heim lebt, oder Begeisterung, dass dein Bruder auch was mit Kunst macht, oder ob du richtig wütend werden sollst! Bestimmt hatten damals alle irre viel Spaß und schauten gebannt zu, wie nahe sich die Geschwister waren, und dabei doch so fremd. Sie habens sogar drauf angelegt und dich gefragt, wie dir dieser talentierte junge Geiger gefallen hat, und du hast gesagt, ja, eh ganz gut. Also, dieselben Gene, in männlicher Form, existieren hier irgendwo, aber du weißt nicht, wo. Es reicht! Papa wirst du nie danach fragen. Was geheim ist, bleibt geheim. Wenn sie dir die Wahrheit fünfzehn Jahre lang verschwiegen haben, dann wirst du dich mindestens fünfzehn weitere Jahre nicht damit befassen!

Du fühlst dich gekränkt, wütend, zweifelst, ob überhaupt irgendwas in deinem Leben gilt. Und bist desillusioniert, weil die Vorstellung, dass dir deine Eltern immer die Wahrheit gesagt haben, dahin ist, und außerdem bist du sauer, weil die ganze Familie, auch deine Tanten, Onkel, und sogar deine Cousinen die ganze Zeit davon wussten und hinter deinem Rücken munkelten und sich nen Spaß draus machten, dass du im süßen Unwissen lebst, dass du keinen blassen Schimmer davon hast, dass du nen Bruder hast, obwohl du vielleicht sogar gerade neben ihm stehst.

Nach und nach wird dir bewusst, dass du dir zwar geschworen hast, dass dich das alles mindestens weitere fünfzehn Jahre lang nicht interessieren wird, dass dich das aber schon jetzt echt brennend interessiert, und du vor

Neugier platzt. Also musst du was unternehmen. Heimlich natürlich. Endlich weißt du, wer dieser imaginäre Freund ist, der immer wieder in deinem Tagebuch auftaucht.

Bruder gesucht

Die Suche geht los. Aber verdammt, wer könnte denn Infos haben, und trotzdem niemandem verraten, dass du die Operation „Bruder gesucht“ gestartet hast? Deine anderthalb Jahre ältere Cousine aus Louny ist die einzige vertrauenswürdige Person. Natürlich weiß die auch von deinem Bruder, und sie ist überrascht, dass die Wahrheit ans Licht kam. Angeblich spielt er Geige und besucht ein Konservatorium und sein Name ist ein Mix aus Vorname und Nachname von zwei bedeutenden tschechischen Dichtern, aber sie weiß nicht mehr, welche Namen das waren. Ein besseres Rätsel hätte sie dir nicht aufgeben können! Du wirst wohl alle Konservatorien im Land abklappern müssen.

TAGEBUCHEINTRAG

Dieses Jahr geht Lenka Nummer zwei, aber Lenka Nummer drei ist dazugekommen, Bára Nummer zwei geht auch, aber Bára Nummer drei, genannt Schwammi, aus dem Jahrgang über uns ist durchgefallen, Silva, also die mit I, geht auch, aber von den Káčas bleiben beide.

TAGEBUCHEINTRAG

Die Baltazarová ist heut zur Tür rein und hat geschrien: „Wer von euch Idiotinnen ist auf dem Dach rumgeklettert? Sofort zu mir, sonst bring ich sie um!!!!“ Was schon mal sicher nicht geht. Außer sie würd zur Sicherheit uns alle kollektiv umlegen. Aber ich hab mich dann trotzdem gestellt.

TAGEBUCHEINTRAG

(in romantischer Stimmung, auf Zimmer 210)

Nach der Vorstellung im Theater Kolowrat sind wir noch unten im Theaterclub gesessen. Den Sekt haben wir unter dem Tisch versteckt und es wurde gefeiert. Das ist übrigens das Allerbeste an den Vorstellungen. Manche finden den Moment am besten, wenn sie sich zum letzten Mal verbeugen und der Vorhang fällt und wir darüber reden, was uns gelungen ist und was nicht, und dann kommt der Schildi und lobt was, oder kritisiert was, also meistens kritisiert er nur, und am allerhäufigsten staucht er uns zusammen, morgen müsse das aber besser werden, und dann quetschen wir uns in den Lift Richtung Garderobe. Ich liebe es, wenn mich die Scheinwerfer so stark blenden, dass ich die Zuschauer im Publikum nur erahnen kann, dann lebe ich nur durch das, was um mich herum auf der Bühne passiert, setze Lächeln Nummer 28 auf und hoffe, dass der Schweiß in meinen Augen nicht zu brennen anfängt. Zum Glück hab ich kilometerlange falsche Wimpern, die jeder Schweißflut standhalten, und eine Tonne Theaterschminke im Gesicht, die nur mit Vaseline runtergeht. Im Theaterclub haben wir alle geraucht, ganz unverhohlen, und die Profs waren super. Die haben so getan, als würden sie das gar nicht merken. Aus dem Nationaltheater weiß ich, dass alle Balletleute rauchen. Komplett alle. Also tun wir ja nur was, das uns auf die Zukunft vorbereitet.

Zurück nach Hause?

Mama redet dauernd auf dich ein, dass du zurück nach Hause kommen sollst, du könntest dort aufs Gymnasium gehen, bist ja schon vor sechs Jahren aufgenommen worden, auch die psychologischen Tests haben ergeben, dass sie dich erneut nehmen würden, wohl ganz ohne Aufnahmeprüfung. Und dann könntest du Frau Doktor werden, Medizin studieren, in die Fußstapfen von Opa treten. Oder in Deutschland arbeiten, in der Porzellanfabrik, und richtig viel Kohle verdienen, hm? Oder Goldgräberin werden, dir nen Deutschen aufreißen, also eigentlich nen Türken mit nem deutschen Autokennzeichen, aber darum gehts ja. Er würd dich schwängern und dann mit dem Baby und nem Schuldenberg sitzen lassen.

Oder du könntest die Gelegenheit nutzen und dich selbständig machen als Physiotherapeutin, mit sooooolchen Nägeln, wie Mama zeigt. Dabei sind lange Nägel ein Symbol von Wohlstand und Nichtstun, sie selbst hat unlackierte, extrem kurze Nägel.

Deine Mama glaubt nämlich, dass es dir dann nicht wie ihnen gehen würd, ihnen, denen von Gaunern, die früher vollkommene Nieten waren, ehemaligen Kommunisten, die dann von einen Tag auf den anderen Politiker der bürgerlichen Mitte wurden, befohlen wurde, was zu tun sei. Alle, die genug Mumm hatten, gingen in die deutschen Fabriken Geld scheffeln und bauten sich Häuser mit Türmchen und hässlichen Imitationen von antiken Säulen, und die ehemaligen Textilfabriken, die in Konkurs gingen, wurden umfunktioniert und jetzt sind da irgendwelche Privatunternehmen.

Oder du könntest zumindest zum Schauspiel wechseln, das ist bestimmt gesünder. Immer redet sie auf dich ein, du könntest ja zumindest mal darüber nachdenken. Ja, mach ich, Mami, sagst du, aber die meisten fünfzehnjährigen Schauspieler saufen sich regelmäßig ins Delirium und wissen nicht, wer sie sind, weil sie andauernd spielen, auch im Leben: „Hey, hey, Ballerinen, die Schwandas, die Dudelsackpfeifer sind da, macht die Beine breit!" Die sind ständig in einer Rolle, erleben die Realität so megaintensiv, dass es echt nicht gesund ist.

Du möchtest tanzen und du selbst sein, dich in diesem schrecklichen Durcheinander finden, in dem du dich grad mal über Wasser halten kannst, weil du einfach weißt, dass du nicht sinken darfst. Statt der ersehnten Ordnung wächst du im Chaos auf, ständig an der Grenze und dabei doch ohne Grenzen, mit einem Fuß über dem Abgrund, und den Kopf in den Wolken, du lebst deinen Traum und meistens betest du heimlich, dass du einfach alles aushältst.

Am häufigsten träumst du im Bus, auf dem Weg zu deinen Eltern, wenn du aus dem Fenster schaust. Du träumst von der großen Bühne und der großen Welt. Nur das kann dich aus diesem Nichts herausholen, aus dieser Sinnlosigkeit, in der du dein Ziel zwar verfolgst, aber auf dem falschen Weg bist, der nur aus Prüfungen besteht, einer nach der anderen. Das sind deine Buntstiftlabyrinthe, die du zeichnest. Deine Brettspiele, wo an jeder Ecke ein

Köder lauert, ein Dämon oder eine Falle, die du überwinden musst, indem du würfelst, oder du musst zurückgehen und einen anderen Weg suchen. Nie, nie aber zeichnest du deine Labyrinthe mit Sackgassen. Immer gibt es einen Ausweg, auch wenn es ziemlich schwer ist, da hin zu kommen.

Wie könnte dein Bruder sein?

Du träumst von deinem Bruder. Stellst dir vor, dass er dunkelbraune Augen hat, kurze braune Haare, dass er dünn ist, sensibel, aber mit maskulinem Aussehen, und etwas größter als du. Dass er lange Finger hat – klar, er spielt ja Geige –, und sich in klassischer Musik gut auskennt, sogar besser als du (was echt nicht sein kann), und außerdem ziemlich witzig ist (was er natürlich von dir hat).

Eigentlich bist du es, nur in männlicher Gestalt, das ist die bessere Variante, weil dich nicht ständig jemand anbaggert, kommentiert, erniedrigt, begockelt und vergewaltigen will, insgesamt ist das ziemlich von Vorteil. Bis auf den Körper, weil der männliche Körper erscheint dir doch um einiges minderwertiger als der weibliche. Er ist nicht so kompakt und nicht so zart. Da ist was zu viel, da hängt was, und außerdem, diese Haare überall, richtig grauslich. Na aber vielleicht kämst du sogar damit zurecht.

Dein Bruder wird aber nicht viel Haare haben. Er sieht bestimmt aus wie Adonis, wie ein antiker Halbgott, antike Statuen haben nie Körperhaare. Und er wird die Tiefgründigkeit eines Dichters und den Geist eines Wissenschaftlers in sich tragen, also wirst du ihn bewundern. Wenn ihr euch zum ersten Mal seht, steht er ganz weit weg, sieht dich aber trotzdem, und auf einmal fühlt er, dass du ein Teil von ihm bist, und er läuft in deine Richtung und ihr umarmt euch und sagt „Hallo, Schwester" und „Hallo, Bruder", und ihr werdet Tränen in den Augen haben und wissen, dass jetzt alles im Leben Sinn haben wird. Ja, genau so wird es sein.

J.R. und Drogen

Hinter der Schule warten Obal und Kozel auf dich. Natálie ist auch da. Immer brauchst du für alles so lang. Bis du aus der Garderobe kommst, die verschwitzen Trikots eingepackt, die Blasen abgeklebt, diesen furchtbaren Quatsch auf die Tür von deinem Schrank geschrieben hast, mit dem sie euch bei der Probe zur Mal gardée traktieren, und das vom Schweiß verwischte Augen-Make-up übermalt hast, haben die andern den Joint längst durchgezogen. Dann geht ihr ins Andys und später ins Roxy. Da verschwindest du einfach am Freitagabend und am Sonntag kommst du wieder raus. Nix fehlt dir dort. Im Teehaus kannst du pennen, da ist es chillig, und du isst was, und die, die regelmäßig drauf sind, werfen sich was ein, und es wird zwei Tage am Stück getanzt. Du brauchst das nicht. Energie hast du so oder so genug. Dir reichen ein paar Gläser Wein und das Ergebnis ist ganz ähnlich. Nur ist dein Kater immer viel schlimmer.

Im Andys wird irgendwie ständig auf jemanden gewartet. Wenn du irgendwen brauchst, gehst du ins Andys, und zwei, drei Stunden später kommt immer jemand, und der weiß, wer später noch kommt. Nach einer Weile schneit ein abgehetzter Typ rein. Er ist total verschwitzt, um die vierzehn Jahre, blond, mit Kapuzenpulli und grünem Tic-Tac-Rucksack, und der ist randvoll mit Ecstasy. Sunnys seien grad das Allerbeste, genau das hat auch der

Journalist J. X. Doležal in seinen Reportagen geschrieben, hier mischt sich also Theorie mit Praxis. Die Mädels kaufen je zwei Stück. „Und du willst nix?“, fragt er dich und lächelt dich echt richtig lieb an. „Du weißt wohl nicht, wer ich bin, sonst wüsstest du, dass ich sowas nicht nehm“, schnauzt du ihn an. Weil das ganze Business hier ist dir ein bisschen suspekt, obwohl du Teil davon bist. Außerdem denkst du an Opa King, der dich killen würde, wenn er das erfährt.

In dir regt sich aber was, weil dieser Dealer richtig süß ist, er sieht einfach hinreißend aus, und ein bisschen hinterlistig, aber wie so n Teddy, von dem geht bestimmt keine Gefahr aus, sein Angebot ist wie ne Einladung auf nen Wein. Und da weißt du noch gar nicht, dass ihm die Vorderzähne fehlen, die ihm jemand beim Raufen ausgeschlagen hat, und dass er herausnehmbare Dritte tragen muss, bis er achtzehn ist, wofür er sich richtig schämt. Als er die dann später rausnimmt und dich anlächelt, nur mit dem Zahnfleisch, hast du das Gefühl, du kannst nicht widerstehen und gibst ihm einen Kuss.

Du kannst dich nicht entscheiden, ob du mit dem Graffiti-Maler Obal, dem echt hübschen und klugen Schauspieler oder diesem Engelchen von Dealer, der aussieht wie vierzehn, gehen sollst. Schließlich entscheidest du dich für den Engel.

Obal und Anča

Obal geht mit Anča! Obal hat Angst vor Muschis, er sagt die haben Zähne! Obal hat festgestellt, dass er schwul ist! Sie warn auf Urlaub in Spanien, und als er gebadet hat, ist David zu ihm in die Badewanne. Und in dem Moment ist es ihm klar geworden. Das Problem war, dass Anča die zwei erwischt hat. Echt doof. Und seitdem sagt Obal, dass Muschis Zähne haben. Das, findest du, geht zu weit. Was er nicht kennt, soll er gefälligst nicht kommentieren! Wie gut, dass du dich nicht für ihn entschieden hast!

Der letzte Auftritt der Nebenfiguren

Die Mama von Anča unterrichtet dich in szenischer Praxis. Als sie am Konservatorium begonnen hat, war sie noch Halbsolistin im Nationaltheater, jetzt ist sie nur noch Lehrerin. Halbsolistin sein heißt, dass man Solorollen und im Corps tanzt. Sie selbst ist auch ein bisschen „halb", ziemlich klein und dünn. Als eine von wenigen schreit sie euch nie an. Nicht, weil sie es nicht könnte, aber es ist ihr zuwider.

Vielleicht vertraust du ihr deshalb mal an, dass du nicht mehr weiterweißt beim Abnehmen. Die ideale Größe ist 150 bis maximal 165 cm. Du hast dir aber erlaubt, auf 170 zu wachsen. Du bist eine übergroße Stute! In deinem Fall müsstest du unterernährt sein, um dasselbe zu wiegen wie die Mädchen, die um zehn, fünfzehn Zentimeter kleiner sind als du. Also schuftest du und mühst dich ab, aber es reicht einfach nicht, um den Direktor bei den Proben zufrieden zu stellen, und um dir nicht anhören zu müssen, dass dich so beim Partnertanz bestimmt keiner hochhebt. Und das bedeutet, dass, wenn sie dich nicht gleich rauswerfen, du nicht mit den Jungs tanzen darfst, und nur im Hintergrund auf dem Boden die anderen imitierst, die gehoben werden dürfen, und du wirst ausgelacht, und zerknirscht schaust du dabei zu, wie die zehn Zentimeter kleineren Mädchen mit den Jungs einen Pas de deux tanzen.

Und ihr großen Mädchen steht hinten an der Stange, und falls euch in dem Moment jemand eine Säge geben und sagen würde, dass ihr euch genau jetzt die zehn oder zwanzig Zentimeter zu viel absägen könnt, dann würdet ihr das ohne Zögern machen.

Du fragst also Ančas Mama, wie du abnehmen könntest. Sie meint, du solltest zum Abendessen statt zwei Scheiben Brot mit Butter nur eine und zwei Tomaten essen. Das ist echt naiv, Brot isst du garantiert nicht, solange du nüchtern bist, weil dann hast eine Woche lang ein schlechtes Gewissen und das Gefühl, du hast alle Regeln der Welt gebrochen. Warum weiß denn niemand, dass du zu dir selbst eh schon megahart bist? Dass du dich ganz freiwillig und voller Stolz selbst zerstört, und nicht, damit man dich lobt? Ančas Mama ist um einen Kopf kleiner als du. Und wenn sie dir den Pas de quatre aus Schwanensee zeigt, bei dem sich die vier Schwanenjungfrauen über Kreuz an den Händen halten und exakt synchron herumhüpfen, dann schaut sie aus, als wär sie deine kleine Schwester.

Ančas Mama hat immer so Waldgeister getanzt, diese schnellen energetischen Versionen der Feen bei Dornröschen, und technisch anspruchsvolle Auftritte der Schwäne und Duett-Auftritte von Nebenfiguren. Solistin war sie nur außerhalb von Prag, angeblich war sie aber gut darin. Ein paar Jahre später wirft der Direktor sie von der Schule, weil sie ihm nicht in den Arsch kriecht wie all die anderen, bis sie krank werden und krepieren, und Ančas Mama wird dann in einer Kleinstadt-Fabrik an der Pforte arbeiten. Wenn sie dann dort in Arbeitskluft hinter einer Glasscheibe mit Fensteröffnung sitzt, wird niemandem auffallen, dass ihr Körper sich zwanzig Jahre lang auf den

Brettern großer Bühnen abmühte, ihre Arme 50.000 Mal wie auffliegende Schwäne fächerten, ihre Füße 100.000 Feenschritte trippelten, dass sie 8.000 Mal hochgehoben wurde, 30.000 perfekte Sprünge machte und 20.000 fehlerfreie Pirouetten drehte.

Hinter der Glasscheibe an der Pforte, im weißen Licht der Leuchtstoffröhren verliert sie sich gänzlich, als würde da ein kleines Mädchen sitzen, eingemummt in die Jacke der Mama. Nur die grauen, an den Ohren welligen Haare und die vielen Furchen auf der Stirn und an den Schläfen deuten an, dass sie schon gealtert ist und müde, und dass sie sich dieses Schicksal, das dem vieler anderer Ballerinen ähnelt, ganz einfach nicht verdient hat. Den letzten Auftritt der Nebenfiguren sitzt sie dort ab.

Die Crystal-Mitschüler

Bumm bumm. Es läuft. Alle sind auf Crystal. Piko. Schwammi trägt nen Ledermini, schwarze extrahohe Plateauschuhe, ein schwarzes Top mit Spaghettiträgern, nen schwarzen Bubikopf mit Stirnfransen, fast wie jetzt diese Schauspielerin aus Lola rennt. Alles schwarz. Die hat sich echt gefunden. Sie geht ab. Hat das Gefühl, das ist das Leben, um das sich alles dreht. Daher dreht sie sich. Und rennt. Sie schafft alles, ist überall, redet mit allen, und ist, wenn auch nicht in der Schule, dann zumindest im Radost FX eindeutig die Königin auf dem Tanzparkett.

Ivana ist auch oft drauf. Damit sie abnimmt. Jemand hat ihr gesagt, dass Crystal ihr richtig viel Energie gibt, ohne dass sie was essen muss. Sie hat richtig schön abgenommen, auch eine Professorin hat ihr das gesagt. Honza auch. Der kann sich immer noch nicht mit seiner neuentdeckten Homosexualität abfinden. Dein Tanzpartner. Dein Kumpel. In der Dritten hast du gedacht, er wär dein Freund. Wieder daneben! Er hat mit der Schule aufgehört und auch Piko entdeckt. Er geht auch ab, rennt auch. Und dann schnüffelt er noch Toluol. Mit dem geht er schon weniger ab. Eigentlich gar nicht ab. Er löscht Erinnerungen.

Du schnupfst nur einmal Piko. Mit Aneta und Klára, von so Typen, die ihr vor dem Roxy getroffen habt. Dann trennen sich eure Wege wieder. Auf dem Wenzelsplatz stehen Nutten und es stinkt aus den Imbissbuden, an denen es gebackenen Käse im Brötchen gibt, der um drei Uhr früh am allerbesten schmeckt, und du triffst dort ein paar Jungs, und die so: „Mädels, kommt mit uns ins Sunny." Aneta und Klára wollen nicht mit. Also gehst du allein. Das Sunny ist in nem Keller und stockfinster, zumindest kommt es dir so vor, weil du dich dort fürchtest, das Piko macht dich ganz fahrig, und die fremden Jungs sind auf einmal weg. Du irrst durch das rauschende Untergrundlabyrinth, lauter unbekannte Visagen, die Party machen und glauben, sie können alles, sie sind die Geilsten und total frei, Schnittchen mit schlaff runterhängenden Haaren, die noch schlimmer sind als Kerle, weil sie dir ohne zu zögern eine runterhauen, und du hast das Gefühl, dass dich komplett alle vergewaltigen wollen.

Du bist vierzehn, siehst aus wie Pocahontas und das Internat hat heute wieder mal zu. Schweißgebadet und verängstigt läufst du raus aus dem Club und gehst bis fünf Uhr früh durch die Altstadt, kannst nicht stehenbleiben, willst nicht stehenbleiben. Deine Stadt, die du in- und auswendig kennst, ist auf einmal fremd und gefährlich. Statt dem Samstagsunterricht steigst du in den Zug und fährst nach Hause. Du brauchst jetzt echt Mama und Papa.

TAGEBUCHEINTRAG

(bei den Eltern auf der Couch)

Mama ist ins Wohnzimmer gekommen. Ich würd ihr so gern erzählen, was ich durchmache, aber es geht nicht. Sie ist überempfindlich, die würd sofort durchdrehen. Immer terrorisiert sie mich mit Ratschlägen und Belehrungen, auf die ich echt nicht mehr höre. Falls hier jemand von uns beiden erwachsen ist, dann bin ich das. Das hier ist Terror des Guten. Außerdem hab ich gerade gestern bei Kundera ein Kapitel gelesen, und da gings darum, dass alles Böse, wenn es im Namen der Liebe begangen wird, vergeben wird.

TAGEBUCHEINTRAG

(auf dem Klo am Busbahnhof Florenc, nachdem ich den Bus verpasst hab)

Ich werde meinen Bruder finden und es wird schön sein.

Mit Šmok im „Zum Karpfen“

Du bist noch nicht volljährig, bist noch nicht einmal fünfzehn, aber im *Karpfen* kriegst du alles. Meistens trinkst du Weißwein, der macht nicht dick, später dann Rotwein, aber der setzt unterdrückte Sehnsüchte frei und lässt dich ohne Grund weinen. Zum Abendessen gibts zwei Packungen gesalzene Erdnüsse, und deine Tagesration an Kalorien und alles Geld für Essen sind dahin.

Einmal sitzt da Pavel Šmok, die tschechische Ballettlegende, und lädt euch Mädels aus dem vierten Jahrgang alle ein. Im Jahr darauf wird der berühmte Choreograph seine Memoiren herausgeben, und als du dir mit Mama ein Autogramm holst, schreibt er dir dazu: „Auf ein Wiedersehen in der Kneipe.“ Aber deine Mama ist manchmal echt okay. Sie weiß, dass der Besuch von Kneipen zum Bohème-Künstler-Leben dazugehört, insbesondere wenn du dort eine nahrhafte Hühnerbrühe isst. Na, und dieser berühmte, schon etwas ältere Choreograph gibt euch nicht nur Wein aus, sondern auch ein paar Schnäpse, wird also nix mit der Brühe, und er fragt euch alle nach der Schule, nach den Lehrern, nach deinen Zukunftsplänen, und du beginnst fast zu weinen, vor Glück, weil jemand aus der Branche, wie man bei euch sagt, jemand, der auch dem Ballett verfallen ist, eigentlich ganz normal ist und sich mit euch unterhält, als wärt ihr seine Kumpels oder zumindest erwachsen oder gleichwertig, und dir fällt gar nicht auf, dass er immer ein bisschen mit dir flirtet, wenn er die nächste Runde bestellt.

Also philosophierst du raffiniert daher, erzählst von den Repressionen des Direktors, von der Dummheit mancher Professoren, die er selbstverständlich alle kennt, und von der russischen Ballettmethode, und er hört dir zu und sagt, dass klassisches Ballett passé sei, und du hast in dem Moment den Eindruck, dass du schon echt erwachsen bist, dass du jetzt zu den Auserwählten zählst, zu denen, die berühmt und erfolgreich sind, und dass du keinen Rauswurf riskieren musst und auch nicht zurück aufs Gymnasium am Arsch der Welt musst, zu den Assis, die in Deutschland arbeiten, und den anderen, die weniger erfinderisch sind, auch nicht zurück zu deinen Eltern, die nur deshalb okay sind, weil du sie nicht öfter als einmal im Monat siehst.

Und wenn du dann um elf Uhr abends über die drei Stufen stolperst, die aus der Kneipe rausführen, und dir der alte Šmok dann zum Abschied ein Küsschen auf den Mund gibt, dann kommt dir das überhaupt nicht unangemessen vor, er ist halt ein Kumpel, und ihr habt gerade echt fein und supererwachsen gequatscht.

Aneta geht

Euer ganzes Zimmer heult. Lýdie ist ganz rot, diesmal aber nicht deshalb, weil sie Michael Jackson auf den Plakaten an der Wand geküsst hat, sondern weil Aneta ihre Sachen packt. Sie kriegt kaum noch Luft, weil sie so zittert, schon seit ner halben Stunde fließen die Tränen in Strömen. Auch die Opernsängerin ist sauer auf die ganze Schule, stellvertretend für euch, und sie würd dort vielleicht sogar die Bombe zünden, mit der ihr in anonymen Anrufen gedroht habt, damit ihr nicht in den Unterricht müsst. Auch Anetas Gesicht ist geschwollen, aber sie hält sich zurück. Mit einer Bewegung fegt sie all ihre Parfums vom Regal in ne große Reisetasche. „Mama hat alle Professoren abgeklappert, weil sie rausfinden wollte, ob ich wirklich so wahnsinnig schlecht bin. Die Gučavová hat ihr gesagt, dass ich zu den Besseren gehöre, dass ich Kraft habe, dass ich ein gutes Taktgefühl habe und Talent zum Tanzen. Dann hat sie aber noch gesagt, dass sie zwei Töchter hat, die eine macht Ballett und die andere nicht, und dass, wenn sie die Zeit zurückdrehen könnte, sie diesen Fehler nicht machen, also auch die erste Tochter nicht zum Ballett schicken würde. Und dann ist Mama zum Schildi gegangen, der hat da in seiner Direktion gethront, hat sie Platz nehmen lassen, sie lange angeschaut und ihr dann gesagt: ‚Sie sind so schön und schlank, warum hat Aneta das nicht von Ihnen?'" „Und was hat deine Mama darauf gesagt?“, fragst du entgeistert. „Weil sie fünfzehn ist und gerade in der Pubertät, du Wixer!“ „Das hat sie echt gesagt? Cool!“, meint die Opernsängerin. „Hat sie nicht“, sagt Aneta mit trauriger Verachtung. „Aber gedacht hat sie das.“

Du bist keine Jungfrau mehr

Du bist siebzehn und endlich nicht mehr Jungfrau. Du verstehst nicht, was alle an diesem Sex so gut finden. Zum Glück hat es nicht lang gedauert. Am nächsten Morgen fühlst du dich anders, als hättest du jetzt endlich alle Weisheit der Welt begriffen. Du beobachtest dich im Spiegel und sagst dir, dass du ab jetzt Teil der Schwesternschaft der Erfahrenen bist. Zu deiner Einweihung gab es zwei Flaschen Wein, drei Joints und doppelte Pommes von einer Imbissbude am Wenzelsplatz. Das Romantischste von allem war, dass er deine Haare gehalten hat, als du ins Spülbecken von seiner Oma gekotzt hast. Damit hat er dich rumgekriegt. Er war echt superlieb zu dir. So viel Fürsorge und Aufmerksamkeit, damit du ja nicht auf den Linoleumboden kotzt, da konntest du gar nicht anders.

TAGEBUCHEINTRAG

Es ist alles im Arsch. Mit Dominika ists auch vorbei. Sauer und verheult hat sie ihre letzten Sachen aus dem Schrank geholt, den Chip zurückgegeben, und ist ohne sich zu verabschieden davon. Sie ist dreimal operiert worden, und die Ärzte haben ihr gesagt, dass sie nicht mehr tanzen kann, obwohl sie so sehr will. Sie ist sechzehn und ihre Knie sind kaputt, wie bei einer alten Oma. Dabei hatte sie die meisten Punkte bei der Aufnahmeprüfung und angeblich die besten Dispositionen. Verabschieden hätte sie sich schon können.

TAGEBUCHEINTRAG

(aus der Kantine, wo die schönsten Jungs sind)

Endlich sind wir in der Rejdišti. Hier sind die besten Klos. Da ist immer ein Konzert. Heute hab ich zu Dvořák gekackt. Die Musikschüler üben grundsätzlich dort, vermutlich, weil die Akustik so gut ist (oder weil ihnen das Furzen als Perkussionsbegleitung gefällt?).

TAGEBUCHEINTRAG
(im Ballettgeschichte-Unterricht)

Ich hab das Tibialis-anterior-Syndrom! Normal nennt man das Sehnenscheidenentzündung am Schienbein. Ich darf 10 Tage nicht tanzen, aber das geht nicht, weil geprobt wird für die Fille mal gardée. Niemanden interessiert da, ob ich krank bin, die werden mich einfach rauswerfen. Ich gebe mir einen Verband aufs Schienbein und versuche es so. Die Hauptsache ist, dass ich nicht wieder diesen Dinosaurier als Partner bekomme, der nach Sauerkraut stinkt!!!

TAGEBUCHEINTRAG
(aus dem Park auf dem Vyšehrad, statt Biologie am Abend)

Ich hab eine Vereinbarung mit Bára unterschrieben, dass ich in einem Monat sieben Kilo abnehme und so dünn wie Zuzana alias Klappergestell werde. Alle beneiden sie, weil sie sich sogar um Mitternacht Schokolade reinziehen kann. Ich will auch eine Schilddrüse! Gestern war wieder eine Vorstellung von Fille mal gardée und von Peter und der Wolf. Ich hab mit einem anderen Partner getanzt, der war ein bisschen schöner als der Dinosaurier, hat aber genauso gehoben wie er. Meine Eltern haben zugeschaut. Mama hat wieder geweint vor Rührung. Peinlich! Gut, dass ich das nicht gesehen hab.

TAGEBUCHEINTRAG

Am Montag hat sich Káča ungefähr einen Liter Apfelessig reingeschüttet. Angeblich zum Abnehmen. Und am Freitag hat es ihr schon die halbe Klasse nachgemacht. Idiotinnen.

TAGEBUCHEINTRAG

Methode zum Brechen: Den Zeigefinger hinter die Mandeln geben und ihn hin- und her bewegen. Halten und nicht herausziehen, auch wenn schon was rauskommt. Die Hand kannst du dir später waschen. Hauptsache, alles ist draußen.

TAGEBUCHEINTRAG

Kri-Kri, bei der ich an den Wochenenden übernachtet habe und die Python um den Hals hatte, ist weg. Auch Jitka, die zwei Bulldoggen hat und ein super Stockbett, und auch Lenka Nummer drei, und Silva Nummer zwei, Bára Nummer zwei, und Edita aus Chomutov, Michala aus Jablonec, und Veronika, Schwammi, Klára, Ivana, Eva aus Budweis, Jíra. Alle weg. Und jetzt auch Dominika. Wo soll ich jetzt am Wochenende schlafen?! Ich hoffe sehr, dass ich nicht die Nächste bin.

Obal will nicht schwul sein

Obal hat achtzig Antidepressiva genommen und mit Wodka runtergespült. Erst auf der Intensivstation ist er wieder zu sich gekommen. Dann haben sie ihn auf die Psychiatrie nach Bohnice. Er will nicht schwul sein. Weil niemand das will. Man ist dann nur mehr ein kleiner bedeutungsloser Satellit, kein Star.

Obal wird wieder malen, und alles wird gut. Du glaubst an ihn. Er schafft das.

Obal und das Gefängnis

Obal wurde erwischt, in Polen. Beim Sprayen auf U-Bahn-Waggons in Warschau. Die ganze Truppe war vierzehn Tage in der Abteilung für Ausländer eingesperrt, zu zweit in einer Zelle, mit einem Loch statt dem Klo. Das Essen war so schrecklich, dass man nicht mal dran riechen konnte, ohne sich anzukotzen, es war extrem kalt, und sie hatten richtig Angst. Sie wussten nicht, was mit ihnen passieren wird. Die Botschaft hat sie dann irgendwie rausgeholt. Und in einem Hotel festgehalten. Der Prozess fand in Abwesenheit statt. Dieses Abenteuer hat Obal nicht nur eine Strafe, sondern auch ein riesiges Trauma beschert. Er weiß aber noch nicht, dass ihm das Trauma ein paar Jahre später ganz gelegen kommen wird. Er fängt nämlich an, Gefängniszellen zu malen. Das wird einer seiner expressivsten Zyklen, auf Jute, mit Farbe direkt aus der Tube und einer Gabel, echt total roh. Und mit dem Projekt wird er, der nicht mal Matura hat, an der Akademie aufgenommen. Und später mal sogar in New York ausstellen.

Als würdest du in jedem, den du triffst, Sicherheit suchen. Als würdest du jedem alles von dir geben wollen, bis über den Rand, bis in die tiefsten Winkel der Seele. Alles aussprechen, was dich belastet. Jeder einzelne Zentimeter deines Körpers ist bis zum Bersten voll mit dem Gefühl der Unsicherheit. Du bist ganz angeschwollen vor Schmerz.

Du gehst mit J.R.

Der engelhafte Dealer heißt J.R. Und du bist jetzt wohl mit ihm zusammen. Du musst bei Dallas, das grad im Fernsehen läuft, besser hinschauen, weil bisher suchst du vergebens nach Ähnlichkeiten mit dieser negativen Figur. Er hat auch zwei Gesichter, eins vor seiner Mama und das andere in der House-Community. Die Mama glaubt, dass er am Wochenende angeln geht, weil er immer ganz früh mit der Angel losgeht und erst zwei Tage später zurückkommt und ein bisschen stinkt. Stattdessen ist er total ausgelastet mit dem vormittäglichen Ankauf, der nachmittäglichen Auslieferung und dem flächendeckenden Angriff am Abend, meist im Roxy oder im Radost, manchmal auch im Mecca, und gegen Morgen hin dann bei einer der angekündigten Afterpartys, zum Beispiel am Ipák.

J.R.s Einsatz ist bewundernswert. Unter der Woche, wenn er seine abendlichen und nächtlichen Runden dreht, spiele er dann Squash. Er macht halt oft und gern Sport. Fische, große und kleine, gibts für ihn in ganz Prag jede Menge. Seine Stammkunden. Und dann beißen immer wieder neue an. Wie zum Beispiel eure Clique. Denn wer könnte widerstehen, etwas von nem Jungen zu probieren, der aussieht wie vierzehn, lieb und intelligent ist, und total verlässlich, also alles total ungefährlich für dich, und beim Deal kannst du auch echt klasse mit ihm quatschen. Fürs Handeln ist er wie geboren. Seine Mama ist eine hochrangige Managerin, die keine Zeit für ihn hat und richtig froh ist, dass ihr Sohn so selbständig ist, nebenbei jobbt, sich Geräte zum Auflegen kauft und genug Geld für Essen hat, also daheim nicht bettelt.

Bei J.R. fühlst du dich sicher und findest eine Zweitfamilie. Er wohnt in einer große Wohnung im Zentrum von Prag, in seinem Kinderzimmer stehen zwei Betten, und als er dich zum ersten Mal mit nach Hause nimmt, kommt seine Oma, Haushälterin und Kindermädchen zugleich, bezieht dir das Bett neu und bietet dir einen Pyjama an. Das zweite Bett ist ein Bettsofa in der Ecke und gehört seiner kleinen Schwester, sein Bett steht auf der anderen Seite. Also nehmt ihr in der Nacht die Bettdecken und legt sie in der Mitte des Zimmers auf den Boden, damit ihr Arm in Arm schlafen könnt, jede Nacht, wie Romeo und Julia, und gemeinsam aufwachen, wie ein erwachsenes Liebespaar, und auf dem Küchentisch steht dann schon der Frühstückskakao, den die Oma gekocht hat.

Aneta in Chomutov

Nachrichten aus einer anderen Welt. Aneta schreibt, dass es in Chomutov richtig schlimm ist. Brutal langweilig. Ein Albtraum mit den Eltern. Und dass sie euch ganz brutal viel vermisst. Und auch, dass sie nie wieder in ihrem Leben was mit Tanz zu tun haben will. Aber, angeblich hat sich am Horizont ein Lichtblick aufgetan, der aussieht wie ein Native American. Der schönste und schlaueste Typ der Welt, sie ist ganz hin und weg, und jetzt ist der ihr Projekt. Ansonsten geben Oma und Opa ihr schon die ganzen Ferien Nachhilfe in Mathe und anderen Fächern. Ist doch sonnenklar, dass keine von euch Brüche addieren kann, und Aneta ist schon richtig gespannt, ob sie die Aufnahmeprüfung am Gymnasium schafft. Aber ihr Opa war dort Direktor, also wahrscheinlich schon.

Aneta ist am Gymnasium, aber angeblich kommt sie überhaupt nicht mit, und alle sind wie von einem anderen Stern. Niemand kennt Tschaikowski.

Aneta spritzt sich Piko.

So wird Piko genommen

„Auf nem Teelöffel mischst du das so mit der Nadelspitze. Dann ziehst du es ein, drehst die Spritze um und schnippst zweimal dagegen, damit die Bläschen nach oben kommen“, erklärt Aneta. „Na und ich richte mir das vor dem Unterricht auf dem Klo zurecht und in dem Moment, wo ich geschnippt hab, hör ich aus der Kabine neben mir: ‚Aneta?‘“

TAGEBUCHEINTRAG

Du machst einfach alles, damit du dich zumindest für einen Moment vernichtest und vergisst. Nach so einer Gehirnwäsche geht es dir zumindest eine Weile gut. Die einzige Form, wie die du dich auflehnen kannst.

Klassenfahrt

Du bist die Allerglücklichste auf der Welt. Du wurdest auserwählt, dir wird die Ehre zuteil, nach Düsseldorf zu fahren, wo ihr einen ganzen Monat vor Weihnachten den Nussknacker spielen werdet. Das dortige Theater hat euch bestellt. Die Solos besetzen sie selbst, und die Ballettschülerinnen aus Prag tanzen im Corps. Du tanzt eine Schneeflocke, du flockst also. Ihr seid zu viert auf dem Zimmer, in Stockbetten, in der Kantine serviert man euch schrecklichen Fraß, jeden Tag dasselbe, die Lehrerin vom Szenischen stromert zwischen den Tischen herum und kontrolliert, was ihr esst. Ein Bus bringt euch aus dem Wohnheim ins Theater und auch wieder zurück, raus dürft ihr nicht. Morgens Training im Klassischen, danach Proben und jeden Abend eine Vorstellung. Du ziehst die Spitzenschuhe aus, deine Zehen sind ganz blutig. Du gehst zur Professorin und hinterlässt eine Blutspur auf dem Boden. Sie fährt dich an, du sollst das abkleben, den Boden sauber machen und dich wieder einordnen. Bei jeder Vorstellung fühlst du dich wie die kleine Meerjungfrau. Dieser blutigen Routine entkommt ihr nur nachts, wenn ihr euch heimlich volllaufen lässt. Und ihr betrinkt euch täglich. Hier kann man auch gar nix anderes machen. Raus lassen sie euch ja nicht. Aber Alk lässt sich immer auftreiben. Und den ganzen Tag freut ihr euch darauf. Alle trinken, auch die Profs, jede Gruppe für sich und im Geheimen. Dein bestes Erlebnis ist, als der Mäusekönig bei der Dernière statt in Ballettschuhen in Rollschuhen gegen den Nussknacker kämpft. Solche Faxen gibts nur bei ner Dernière. Den Rest der Erlebnisse verdrängst du erfolgreich. Zum Beispiel, dass du keine Kohle hast, dass ihr einen Monat kostenlos arbeitet und die paar wenigen Mark Verpflegungsgeld für Kippen und billiges Bier ausgebt. Ihr seid unbezahlte Arbeitskraft aus dem Osten. Also kommt J.R. und rettet dich, bringt dir Gras und was zum Essen, und schläft ein paar Tage heimlich bei dir im Stockbett. Obwohl ihr sehr streng kontrolliert werdet, merkt niemand was von ihm.

Der Zug und der Perversling

Du hasst Züge, weil du in ihnen unendlich viel Zeit verbringst, und noch mehr hasst du Busse, weil du immer pinkeln musst, und den Fahrer bittest, dass er irgendwo stehenbleibt, und dann glotzt der ganze Bus auf deinen nackten Hintern im Gebüsch. Heute wählst du das kleinere Übel und nimmst den Zug nach Hause. Eine echt komische Uhrzeit, Samstagabend, die Abteile mit den grünen Kunstledersitzen sind fast leer. Je weiter weg aus Prag und je näher an die Grenze, umso weniger Leute, und ab Marienbad hast du einen Waggon ganz für dich. Du kannst dich ausbreiten, kannst sogar ein bisschen Klassisches üben, weil üben musst du sowieso immer.

Aber dann kommt so ein Kerl aus dem anderen Waggon, und obwohl überall frei ist, setzt er sich zu dir ins Abteil. Du sitzt am Fenster, die Beine auf dem Sitz gegenüber, und der Typ ist dir schräg gegenüber. Er sagt nix, gafft dich nur an, also starrst du aus dem Fenster und tust so, als würdest du ihn nicht bemerken, als wär dir seine Anwesenheit schnuppe. In der Spiegelung im Fenster siehst du nach einer Weile – aber vermutlich steigt dir schon kurz davor ein komischer Gestank in die Nase – seine rhythmische Handbewegung, und du hörst so ein komisches Glitschen, wie wenn ein Karpfen in der leeren Badewanne zappelt. Er hat seinen Schwanz heraußen und reibt wie verrückt.

Weglaufen geht nicht, weil du direkt an ihm vorbei müsstest, schreien auch nicht, weil der ganze Waggon leer ist, also wählst du eine andere Strategie, und tust so, als würdest du das nicht sehen und es dich überhaupt nicht interessieren, und wartest, bist er fertig ist. Dabei betest du inständig, dass er nicht aufsteht und dir ins Gesicht spritzt. Kurz vor dem Ende schnauft er ganz laut, steht mit dem Spritzschwanz in der Hand auf und haut ab. Erst jetzt zittern deine Knie, und du flüchtest aus dem leeren Waggon und setzt dich zu so ner Alten mit Hund, die auch recht suspekt aussieht, die du aber im schlimmsten Fall besiegen würdest.

Die ängstliche Mutter

Deine Mutter ist total durchgeknallt. Oder sie hat eine Angststörung. Am Wochenende gehst du mit der einzigen Freundin, die du zu Hause noch hast (mit neun hast du ihren Bruder im Wohnwagen bei ihnen im Garten geküsst), raus, um zu quatschen. Es wird ein bisschen länger (von der Sache mit dem Bruder weiß sie nix), und als ihr über die Felder zurückgeht, hält euch so eine Alte auf, die du nicht mal kennst, und sagt: „Deine Mama sucht dich überall!" Dasselbe hörst du dann noch von einer anderen Alten bei den Schrebergärten, an denen ihr vorbeikommt, und dir ist klar, dass deine Mutter schon wieder eine Fahndung gestartet hat.

Sie und Papa laufen ganz aufgescheucht durch die Stadt und suchen dich überall. Es ist sechs Uhr abends und du hast nicht gesagt, wann du heimkommst, also bist du raus, anders als neulich, als du zwei Stunden zu spät dran warst, und kein Kleingeld hattest, um per Telefon Bescheid zu sagen, dass ihr noch Völkerball spielen geht, was du überhaupt nicht gut kannst, weil ihr in der Ballettschule keine Ballspiele habt, und deine Mama die Polizei verständigt hat. Die haben ihr aber gesagt, dass, wenn es nur zwei Stunden sind und erst vier am Nachmittag ist, sie keine Suche starten werden.

Der Brunnen

Heute Nacht hast du in dem Brunnen am Karlsplatz geschlafen. Echt stark! Wieder ein Erlebnis. Gegen fünf Uhr früh hast du dich mit Lýdie da reingelegt. Um neun haben euch ein paar Bullen geweckt, die Sonnenstrahlen brannten schon ziemlich, und ihr lagt einfach da, wo meistens Wasser ist. Und die Bullen: „Mädels, was macht ihr denn da?" „Wir entspannen uns", hast du den Blödmännern erklärt. „Geht dazu doch lieber nach Hause", meinten die. „Die Idee ist spitze", du darauf, und hast ein Gesicht gezogen. Dann seid in die Cafeteria im Roxy und habt den restlichen Samstag dort gepennt.

Ballerinen haben zwei Gesichter, Vorderseite und Rückseite

Immer hast du dir gewünscht, zu tanzen. Oder war das der Wunsch von jemand anderem? Deine Eltern waren dagegen. Du hast dich aber durchgesetzt. Vielleicht war das auch der Wunsch deiner Lehrerin, in deinen Kopf implementiert. Sie hat Ballett wahnsinnig gern gehabt, obwohl sie eigentlich Textilarbeiterin war. Aber sie hat dein „Talent" erkannt, du warst ihr „kleiner Ballett-Star" (wenn sie nicht grad so getan hat, als wärst du ihre Tochter, obwohl du acht warst und sie 22, damit sie irgendwelche Typen beeindruckt) und sie hat dich mit ihrer Ballett-Obsession angesteckt. Stundenlang konntet ihr euch gemeinsam berauschen, mit Filmen, Fotos, Motivationsbüchern, die sie für dich erstellte, Ballettkleidern, die sie für dich nähte, die ersten Spitzenschuhe bedeuteten Leben und keine zu haben bedeutete den Tod. Und dann noch Ausflüge ins große Prag, wo alles passierte und wo alle sein wollten, weil sich Möglichkeiten auftaten, und ihr habt dann immer am hinteren Ausgang vom Nationaltheater gewartet, auf ein Autogramm, und als du eins von der Podařilová bekommen hast, kamen dir die Tränen. Also klar, das war dein Schicksal. Oder?

Deine erste professionelle Aufführung am Konservatorium ist ein Krippenspiel. Du hast die Rolle der Jungfrau Maria bekommen, die wie eine Marionette an der Krippe steht, und ab und zu mit dem Kopf oder der Hand zu Jesus deutet, und ab und zu klopft Josef ihr auf die Schulter, quasi als hätte sie gute Arbeit geleistet, während du dir so sehr wünschst, einer von den Hirten zu sein, mit so kleinen Pelzchen auf den Schultern, weil die ein bisschen mehr tanzen, obwohl auch ziemlich eingeschränkt, immer nur ein paar Takte, ein paar perfekt synchronisierte Bewegungen, damit das Pelzchen nicht runterfällt.

In der Kunstgrundschule hast du zu Ravel getanzt, zu Mussorgskis Bilder einer Ausstellung, zu Dvořáks Neunter, zu Gershwins Amerikaner in Paris, zu Bachs Passion, Strawinskys Frühlingsweihe, und zwar komplett, und richtig gefühlvoll, eine eigene Bilderwelt, deine eigene Choreographie und Improvisation wurden belebt durch das, was du damals gerade gelesen oder gesehen hast. Es waren exotische Welten voller Lichter, Farben, unbekannter Menschen, zu denen du flohst, und sie sprachen eine unbekannte Sprache, die nur ihr versteht, das waren Variationen deiner selbst, jede davon ist ein Teil deiner facettenreichen und ziemlich wilden Persönlichkeit, und du hast dein Gesicht geändert, je nachdem, ob du gerade ein Schamanengreis warst, mit so nem Stock, auf dem er sich abstützt, und mit dem er den menschlichen Geist beflügelt, eine Seherin, die hoch oben in einem Marmorturm steht und einem toten Land das Schicksal vorhersagt, ein heidnisches Mädchen, das die Dorfleute auswählten, um es den Göttern zu opfern, und das sich daher zu Tode tanzt, ein junger Fremder, der in einer verrauchten Bar tanzt, wo Whisky aus den Wasserhähnen fließt, und der sich langsam betrinkt, oder eine blinde Prinzessin, die ihren Liebsten am Duft von Weihrauch und Schlangenhaut an den Händen erkennt.

In der Schule wird wieder mal der Nussknacker getanzt. In der Rollen-Hierarchie bist du aufgestiegen. Wurdest von der Ratte zur Schneeflocke, dann tanzt du den Blumenwalzer und bringst es bist zu einem Blumensolo, obwohl du so gern die Klara tanzen würdest, also die Hauptrolle. Aber Klara ist immer klein, die Tänzerin muss aussehen wie zwölf, obwohl sie in Wirklichkeit siebzehn ist. Also vergiss es. Dann ist La Fille mal gardée dran, und du tanzt Dorfleute, dann Paquita und du bist bei einem Unisono eingeteilt, aber wieder nix, wo man mal richtig tanzen könnte, und nicht nur Gymnastik machen, und dann passiert es. Du wurdest für einen Wettbewerb ausgewählt!

Du bist das Wettbewerbspferd, obwohl du groß bist, obwohl du nie eine Hauptrolle bekommen hast, obwohl dir der Žďuchanec im Partnertanz eine Vier gegeben hat, weil du die Kontaktlinsen vergessen hast und neben den Jíra gesprungen bist, und nicht auf ihn, obwohl dich die Baltazarová angeschrien hat, dass du ne blöde Kuh bist, obwohl dich der Direktor nie beim Namen angesprochen hat, obwohl in deinem Studienbuch ganz viele Vermerke sind.

Die Frau Professor Daňková steckte dahinter. Diese makedonische Hexe. In ihrer Freizeit arbeitet sie jetzt an dir, jedes Wochenende. Am Anenské náměstí. Da sind die Proberäume vom Nationaltheater, und da siehst du vielleicht auch ab und zu wen von den großen Stars, die du dir normalerweise von der zweiten Galerie aus mit dem Gucker anschauen gehst, weil da dürft ihr mit eurem Ballettschulausweis gratis hin. Du bist dieser Lehrerin dankbar wie ein Straßenköter, dem sein neues Herrchen eine zweite Chance gibt. Zum ersten Mal bist du keine namenlose Marionette mehr, synchronisiert mit einer Armee Deinesgleichen, kein unsichtbarer Körper, dessen einzige Aufgabe es ist, nicht herauszuragen, schön in Reih und Glied zu stehen, auf all die Punkte und Linien auf dem Boden zu achten, auf denen sich die Gruppe bewegt, wie ein in tausende Scherben zerhackter Mensch, tausende Scherben einer einzigen Geste, eines einzigen Gesichts, einer Emotion, eines universellen Ausdrucks, der von Generation zu Generation weitergegeben wird, also pass auf, dass dein Gesicht nicht herausragt!

Wusstest du, dass alle Ballerinen einen ähnlichen Gesichtsausdruck haben? Also auf der Vorderseite, nicht auf der Rückseite. Balletttänzerinnen haben nämlich zwei Seiten, zwei Visagen, eine, die das Publikum sieht, und dann die andere, die der Inspizient und die Kollegen sehen, die an den Bühnenportalen stehen. In dem Moment, wo du dich umdrehst und nach hinten läufst, um dich auf den virtuosen Abschluss vorzubereiten, meistens ist das eine Serie aus Pirouetten oder hohen Sprüngen, in dem Moment verschwindet das vorgeschriebene Lächeln, dein Gesicht verzieht sich zu einer abgeschundenen, erledigten, wahnsinnigen Grimasse, und weil du schon ganz außer Atem bist, hast du Glupschaugen, dann öffnest du den Mund und schnappst nach Luft wie eine Ertrinkende, aber eigentlich willst du nur ein bisschen verschnaufen und Sauerstoff aufnehmen, bevor du dich mit dem fünfzehnten wunderbar süßen Lächeln wieder dem Publikum zuwendest.

Du hast exakt fünf Sekunden, um Kraft zu tanken, sagt dir die Daňková, also nutz das. Würde jemand alle Gesichtsausdrücke von Tänzerinnen, die sie aufsetzen, wenn sie dem Publikum zwischen den Variationen den Rücken zudrehen, filmen, dann wäre das eine krasse Freakshow, eine Enzyklopädie des menschlichen Leidens. Zu sehen nur hinter den Kulissen. Eine Balletttänzerin darf nicht mit offenem Mund atmen, wie ein Athlet, darf nicht ausdrücken, was sie gerade körperlich durchmacht, oder die Zähne zusammenbeißen, blinzeln, die Stirn in Falten legen, wie es ihrem Schuften entspräche. Sie muss immer ästhetisch sein, schön, eine perfekte Porzellanpuppe, mit künstlichen Wimpern und einem langem Lidstrich, den ihr im Schminkunterricht lernt, damit der Blick zur Geltung kommt. Euer Professor, der auch als Maskenbildner für eine Erotiksendung beim Fernsehen arbeitet, zu der er dich auch einmal einladen wird, bringt euch bei, wie man mit einer dicken Schicht heller Theaterschminke, einem speziellen, deckenden Ballett-Make-up, Rötungen abdeckt. Ihr müsst nämlich so tun, als ob es nichts Leichteres und Ätherischeres auf der Welt gäbe, als genau diese Bewegung gerade, die du seit du acht bist jeden Tag einige Stunden lang übst.

Was alles tust du, um erfolgreich zu sein? Alles. Wenn du keinen Erfolg hast, bedeutest du nichts, bist du nicht, existierst du nicht. Wie Káča sagt: „Du musst einfach!“ Du musst es dir verdienen. „Das ist das Einzige, warum mich mein Papa mag, er kann seinen Bekannten sagen, dass seine Tochter eine Ballerina ist“, sagt sie und schläft nachts im Spagat, um an ihren Dispositionen zu arbeiten, weil sie weiß, dass sie bestimmt keine hat, und sie trainiert in Neopren, damit sie alle Kilos rausschwitzt, die sie ja, wenn sie das nicht tragen würde, eventuell zulegen könnte. Und jetzt hast du die Chance bekommen, etwas zu verdienen. Du hast sie bekommen, nicht Káča. Wenn die sie bekommen hätte, würde sie sie zu 2.000 Prozent nutzen. Und daher schuftest du dich ab, jeden Tag nach der Schule im leeren Saal in der Rejdišti, und jeden Sonntag mit der Daňková am Anenské náměstí, und in den Weihnachtsferien bei den Eltern in einer Turnhalle, und du legst dich um zehn schlafen, statt mit den anderen im *Karpfen* zu sitzen, und gehst jeden Sonntagmorgen auf dem Vyšehrad joggen, anstatt deinen Kater von der Party im Roxy auszuschlafen.

Tausendmal wiederholst du die Pirouetten en-dehors auf der Diagonale, tausendmal Sissone ouverte, das immer noch nicht perfekt ist, tausendmal die Position des rechten Ellbogens in der dritten Armposition, den du manchmal nicht genug öffnest. Jede Anmerkung ist dir Gold wert. Auf eine Anmerkung wartest du manchmal mehrere Wochen. Und auf einmal gibt die Daňková dir gleich mehrere dutzend. Wenn du gut sein wirst, also die Beste, kommst du weiter. Wenn nicht, wirst du niemandem auffallen, wirst du verschwinden, untergehen in der grauen Masse derer, die nicht fähig sind, ein vollwertiges Leben zu führen, derer, die ohne höheren Sinn dahinvegetieren, derer, denen bloß was an Banalitäten und am eigenen Komfort liegt. Zufriedenheit, Ruhe und Komfort ist das Letzte, was du dir wünschst. Wie sehr wirst du dich aufopfern?

Du spürst einen ziemlich großen Fortschritt. Du fühlst dich mindestens wie die Podařilová aus dem Nationalballett, bist gespannt wie eine Saite, abgerichtet wie ein Vorstehhund, hast sieben Kilo abgenommen, siehst erstklassig aus, hinter dir liegen mehrere Monate präziser körperlicher Arbeit, mentaler Fokuslenkung und extrem starker Selbstdisziplin, und das alles für das bisschen Aufmerksamkeit von der Daňková. Es war immer dein Wunsch, zu tanzen. Du warst es, niemand sonst hat sich mehr danach gesehnt. In einem halben Jahr findet der Wettbewerb statt.

Getanzt wird überall

Wenn du zufällig mal sitzt, zum Beispiel in der Straßenbahn oder im Zug nach Hause, spannst du abwechselnd die rechte und die linke Hälfte des Hinterns an. Wenn du an der Straßenbahnhaltestelle stehst und wartest, stehst du auf einem Bein, das zweite nach hinten gestreckt, in eine Arabesque, und ziehst dich auf ein Relevé. Wenn du zufällig mal liegst, hältst du dich etwas erhöht, weil so musst du die Bauchmuskeln anspannen. In der Kantine sitzt du in der Froschposition, oder im Schneidersitz, damit du die Hüfte mobilisierst, in der Stadt gehst du an keinem Geländer vorbei, ohne ein Bein draufzulegen, um dich im Écarté zu dehnen oder en avant vorzubeugen. Und wenn du über eine große Fläche gehst, zum Beispiel über den Altstädter Ring, und du gerade einen schweren Rucksack trägst, läufst du los und springst ordentliche Entrelacés. Also ist es ganz natürlich, dass, wenn du am Sonntag früh nach einer Mushroom-Fete mit Natálies Clique aus dem Stadtwald in Bohnice rauskommst, ihr mitten auf der Kreuzung Schwanensee tanzt, den Verkehr aufhält, alle aus den Autos steigen und gebannt den fünf Mädchen zuschauen, die sehr professionell und mit 200-prozentigem Einsatz und enormer Leidenschaft da herumspringen: Entrechat quatre, Passé, Entrechat quatre, Passé, Echappé, Echappé, Echappé, Echappé … Obal sagt dann, dass alle geklatscht hätten, aber daran kannst du dich nicht mehr erinnern.

Die Musiker haben die Nummer rausgefunden

Du verdankst es den Musikern, die sich in den Pausen Rum bestellen – während du dir stilles Wasser in der Plastikflasche und Traubenzucker kaufst –, dass du die ganze Aktion starten konntest. Sie hatten Indizien bekommen: Er spielt Geige, ist zwei Jahre älter als du, besucht ein Kons, poetischer Name, zusammengesetzt aus den Namen von zwei Dichtern, und natürlich genauso schön wie du. Die Jungs, die dich „junge Dame" nennen und sich dir gegenüber überhaupt recht nobel verhalten, haben die Nummer von jemandem herausgefunden, der dieser Beschreibung entspricht. Um etwas Mut zu sammeln hast du einen Schnaps mit den Jungs getrunken, und ihn dann aus dem Café Umprum, in dem eine Freundin von ihnen als Kellnerin arbeitet, angerufen.

Er klang, als würde er regelmäßig von unbekannten Mädchen eingeladen. Hoffentlich ist ers wirklich. Du bist gespannt wie ein Gummiband. Deine bisher schon so blühende Phantasie wächst und gedeiht. Ihr werdet euch treffen. Du schwänzt den Unterricht und fährst mit dem Zug zu ihm. Du bist sechzehn, dein Bruder den Berechnungen zufolge vermutlich achtzehn. Und langsam hat alles Sinn.

Die erste Begegnung mit dem Bruder

Ihr werdet euch in Budweis treffen, in der Pizzeria am Bahnhof, die dein Bruder aussucht. Ausnahmsweise bist du nicht zu spät dran, wie sonst immer, sondern sogar ziemlich pünktlich. Holzbänke, unverputzte Wände mit Alk-Werbung, es ist brutal verraucht und stinkt nach verschüttetem Bier. Der Kellner dreht dir gleichgültig den Rücken zu, raucht und trinkt Kaffee aus einem großen Becher, Radio Impuls meldet Mittag, die ganze Bude ist leer, bis auf zwei Leute, die in der Ecke an einem Tisch mit grünem Tischtuch sitzen, und eine weitere Person unterhalb von einer Tafel mit der Aufschrift: Heute Schinken-Ananas 2 zum Preis von 1.

Vielleicht kommt er nicht? Vielleicht hat er Angst? Du stehst an der Bar herum und wartest, dass dich der Kellner sieht, und du ein Bier bestellen kannst, bei einem bleibt es heute sicher nicht. Aber der Kellner dreht sich einfach nicht um, und nach ihm rufen willst du auch nicht. Eigentlich bist du froh, dass du nicht mit ihm reden und dieses heiligen Schweigen eines heiligen Augenblicks durchbrechen musst, weil du dir die ersten Worte für später aufhebst, wenn er da ist. Dein Bruder.

Dann aber steht der Typ vom Tisch unter der Tafel auf und geht zu dir. Du willst dich schon wegdrehen, aber er fragt dich, ob ihr nicht verabredet seid. Mit dem da? Ein großer, langhaariger Rotschopf. Schlimmer hätte es nicht kommen können! Das geht doch nicht, jemand muss dich verarschen. Dann schaust du ihn an und siehst, dass er genau die gleiche Nase hat wie Papa, und auch die gleichen Augen, aber halt grün, und extrem viele Sommersprossen, die bei einem Mädchen süß aussehen täten, aber bei einem Jungen halt echt nicht. Der Typ fragt nochmal, ob du es bist, die ihn angerufen hat und ein Treffen ausgemacht hat, und schüchtern bejahst du.

Auf einmal freust du dich ziemlich über die Aufmerksamkeit des Kellners, und statt nem kleinen bestellst du dir ein großes Bier, der Typ nimmt einen Tee. Peinlich. Schlurfend folgst du ihm an seinen Tisch und fragst, ob er weiß, wer du bist. Und er meint, er sei sich nicht sicher, und schüttelt den Kopf, als würd ihm echt nix einfallen. Dann fragt er, ob du letztes Wochenende auf der Hütte dabeiwarst, und dir wird klar, dass er überhaupt, aber überhaupt keinen blassen Schimmer hat. Und du versuchst es mit Andeutungen, und sagst, dass ihr etwas gemeinsam habt. „Geige?", fragt dein total unvorstellbarer Bruder, mit dem zu in der allerschmuddeligsten Pizzeria in ganz Budweis sitzt, der wie ein zweitklassiger schüchterner Hippie ausschaut und garantiert nicht im Geringsten was von dem Adonis hat, den du dir vorgestellt hast, den du dir in langen nächtlichen Überlegungen zusammengeträumt hast, und du zögerst, ob du es ihm überhaupt sagen sollst. Vielleicht sagt er ja nur „aha", und das wars dann, und du kippst dir das große Bier auf ex rein und gehst zum Zug und fährst zurück nach Prag.

Aber weil du extra angetrudelt bist, versuchst dus halt, du hast ja nix zu verlieren, und sagst: „Nein, die Geige ist es nicht, aber der Papa." Und er schaut dich entgeistert an und ist echt verwundert. „Du bist meine Schwester?!“ Und in dem Moment hätten Streicher spielen und die Sonne scheinen sollen, und ihr irgendwo draußen an einem Springbrunnen im Park stehen sollen, der zu Vivaldis Geträller gesprudelt hätte, und du hättest in Ohnmacht fallen und er dich auffangen sollen (nicht wie die Mädchen am Internat, die dich ganz achtlos einfach zu Boden knallen lassen).

Und du sagst: „Ja, offenbar schon.“ Und auf einmal strahlt er und wird noch weicher und schüchterner und durch das Lächeln auch schöner, und du erfährst, dass er von dir wusste, und sich gewünscht hat, dich zu treffen, dass er sogar seine Mama darum gebeten hat, und durch sie in einem Brief auch deinen Papa, dass er dich kennenlernen wollte. Aber alle haben gesagt nein, sie würden ihr Leben leben und deine Familie ihres, und dass sowas, weil sie das damals, als ihr klein wart, nicht gemacht haben, jetzt nicht mehr geht. Vor allem deine Mama sei dagegen gewesen, weil sie Angst hatte, dass Papa euch verlassen könnte. Und dir tut es auf einmal so leid, dass du am liebsten heulen würdest, dass dieser nicht wirklich hübsche und überhaupt nicht männliche Junge dich gern treffen wollte und sein ganzes Leben vielleicht in einer ähnlichen Vorstellung lebte, wie du jetzt anderthalb Jahre, und er dann vollkommen aufgegeben und dich gelöscht hat von der Liste mit seinen Träumen. Und obwohl es zu keiner romantischen Umarmung kommt, hast du auf einmal das Gefühl, dass er ziemlich ähnlich redet und fühlt, und dass doch ein Stück von etwas in dir, wenn auch nur ein klitzekleines, unscheinbares, ganz geworden ist, wenn auch völlig anders, als du es dir ausgemalt hattest.

J.R. KOTZT DICH AN

J.R. hat aufgehört mit dem Dealen. Du hast ihm ein Ultimatum gestellt. Aber er hat wieder mit dem Kiffen angefangen. Ständig kichert er blöd herum oder ist total daneben, komisch und passiv. Und er wird dick! Du überlegst, ob du ihn nicht doch dieses glückliche, gut versorgte Kind sein lassen sollst, das hart arbeitet für das Wohl deiner Kumpels.

Havel

Havel trifft sich mit der Veškrnová. Mama versteht nicht, wie sich der so kurz nach dem Tod seiner Frau Olga, die sich für ihn aufopferte und immer mehr an ihn als an sich dachte, von so einer eigennützigen Schauspielerin den Kopf verdrehen lassen konnte. Aber du weißt, dass Mama dabei eher an sich selbst denkt, weil sie es ist, die sich für die Familie aufgeopfert hat, ohne dass sie jemand darum gebeten hatte, obwohl Papa die Mama bestimmt nicht gegen eine Schauspielerin auswechseln täte, dazu ist er nicht sexy genug, und er ist auch nicht aufregend, weil er keine Macht hat. Aber trotzdem ist dir klar, dass du, wenn du dein Leben für andere lebst, genauso schnell ausgewechselt werden kannst wie Olga Havlová, und kein Charisma, keine tagtäglich begangenen Heldentaten würden dir da helfen. Liebe bis ins Grab existiert nicht. Deine romantische Illusion ist gerade zerschellt.

DJ J.R.

Vom ersparten Geld kauft J.R. CDs, er möchte, dass sein Kinderzimmer aussieht wie ein angesagter Club, und tapeziert die Wände damit. Er hat sich auch Turntables gekauft, für circa fünfzigtausend. Damit legt er Platten auf, für dich, damit du ihn bewunderst und er auch ein bisschen ein Künstler sein kann, aber mixen tut er sie nie. Du fragst, warum er sich dann keinen normalen Plattenspieler gekauft hat. Du hättest ihm auch einen von daheim mitbringen können. Da ist er beleidigt und geht ins Bad, einen extra dicken Jolly durchziehen, obwohl seine Oma in der Küche gerade das Abendessen macht.

Abführmittel

Du hast gerade Abführmittel entdeckt! Eine geniale Methode, um sich nicht mehr zu stressen, wenn man irrtümlich mal was isst. Einige Tropfen Guttalax vor dem Schlafengehen ergänzen jetzt dein ohnehin schon komplexes Abendritual. Zuerst trainierst du den Bauch, dann steckst du den Spann zwanzig Minuten lang unter den Schrank, oder noch besser unters Klavier, aber in J.R.s Zimmer gibts keins, daher bittest du ihn, dass er sich auf deinen Spann setzt, was ihn aber nicht vom Zocken abhält. In Gedanken bist du ganz woanders: bei diesem Jungen, den Lýdie dir in der Bücherei vorgestellt hat, der ein richtiger Gentleman war, er hat dir sein Käsebrot angeboten. Der Arme wusste ja nicht, dass du das zum letzten Mal mit neun essen duftest.

Das Guttalax kommt heute gelegen. Es ist besser, nachts Krämpfe zu haben als morgens ein schlechtes Gewissen. Damit du was für dein Gewissen tust, machst du weiter mit dem Pflichtritual, hoffentlich biegt sich der Mittelfußknochen wirklich einmal und formt die richtige Beule, damit du ne „Linie" hast, damit du „Dispositionen" vorweist, weil um die gehts am allermeisten. Die Plackerei ist nur die eine Hälfte, genauso wichtig ist zum Beispiel die richtige Länge der Beine und Arme, schmales Becken, flacher Brustkorb, langer Hals, gedehnte Muskeln, mobile Hüftgelenke, hohe Stirn, und außerdem ein ästhetisches

Aussehen. Du darfst einfach nicht aussehn wie ne Kröte. Na, wenn du ein Junge bist, dann kannst du ohne weiteres auch wie der Schildi aussehen. Dann tanzt du halt meistens die bösen Figuren, ihm blieb diese Art von Rollen auch außerhalb der Bühne.

Nach dem Spann kommt das Beine-Dehnen dran, und dafür brauchst du J.R. aber wirklich. Du liegst rücklings auf dem Fußboden, und J.R. drückt dir ein Bein bis an dein Ohr, und du sagst, dass er ruhig noch fester drücken kann, dass du das aushältst. Dann machst du Spagate und für einen Moment schläfst du darin ein, dazu raten euch im Übrigen die Profs schon seit der ersten Klasse, und zum Schluss machst du noch ein paar Kniaseff-Übungen, das ist normales Ballett-Training, aber auf dem Boden. Und dann ein Glas Wasser mit ein paar Zaubertropfen und du kannst schlafen gehen. Nur, J.R. hat das Beine dehnen derart angetörnt, dass er Sex will. Du bist aber überhaupt nicht in Stimmung, würdest dabei nur einschlafen. Er aber sagt, dass ihm das egal ist, dass du dabei getrost schlafen kannst. Schlussendlich lässt du dich zum Oralsex überreden, aber er soll bitte das falsche Gebiss dabei raustun, was er aber ablehnt, und er wird sauer, und du kannst in Ruhe schlafen gehen.

Doležal

Gras rauchst du vor allem wegen J. X. Doležal, weil er im *Reflex* darüber geschrieben hat, und damit du, falls ihr euch zufällig mal über den Weg läuft, gleich ein Gesprächsthema hast. Und auch, damit du mutig genug bist, ihm zu sagen, dass du vor seiner Arbeit echt Respekt hast, dass du auch einmal so wie er schreiben möchtest, am besten für eine Zeitschrift mit einer Meinung, die andere prägt. So wie er dich jetzt. Bisher hast du nur für das Tanzjournal geschrieben, in dem deine Erzählung *So habe ich Ballett gelernt* abgedruckt wurde. Du hast 315 Kronen dafür bekommen, und für eine kürzere Erzählung dann bloß 172 Kronen. Um genug Kohle für neue Martens zu sparen, musst du noch mindestens zwanzig Seiten schreiben.

Die Eltern in Prag

Deine Eltern takeln sich immer richtig auf, Mama steckt Papa in ein Jackett, das kriegt er schon seit der Hochzeit nicht mehr zu, und sie malt sich rote Lippen, ein bisschen schuldbewusst, weil sie doch ein natürlicher Typ ist, und Schminke außerdem Täuschung, Opa hat seine jenseitige Jägeruniform an, eine Feder auf dem Hut, und so kommen sie zu deiner Aufführung.

Und jedes Mal verlaufen sie sich in Prag, kommen total abgehetzt und superknapp ins Theater, und deine Mutter hat allen Verkäufern und älteren Damen in der Straßenbahn von dir erzählt, auch als sie zum zwanzigsten Mal nach dem Weg zum Ständetheater gefragt hat. „Meine Tochter tanzt dort heute. Sie macht Ballett. Professionell. Naja, das ist extrem schwer, sie muss auf so viel verzichten. Na, mit Verlaub, das ist mehr als nur Herumhopsen. Das ist eine Berufung. Sie ist extrem selbständig. Sie lebt hier schon seit sie zehn ist, ganz auf sich allein gestellt." Das alles wiederholt dir dann die Platzanweiserin, die von deiner Mama sogar erfahren hat, dass du mit deinen sechzehn Jahren immer noch keine Menstruation hast.

Lýdie

Lidka haben sie jetzt auch rausgeschmissen. Sie ist im Klassischen durchgerasselt. Ist es möglich, dass du aus heiterem Himmel auf einmal ein Nicht genügend tanzt, wenn du die ganzen zwei Jahre davor ein Riesentalent mit genialen Dispositionen warst? „Kriegst du da auf einmal schiefe Beine, aus dem rechten wird ein linkes, du wirst blind und rennst die anderen um, oder bist auf einmal ein Krüppel?", fragt Mates, mit dem sie jetzt zusammen ist, und lacht verständnislos, obwohl Lidka solche Witzchen nicht wirklich helfen. „Nein, dir wachsen einfach Brüste, du Trottel", sagt sie unter Tränen und starrt auf ihr Bier, schon das dritte. „Und was machst du jetzt?" „Na weiß ich nicht, wahrscheinlich spring ich aus dem Fenster. Zurück nach Hause kann ich echt nicht. Das würd ich nicht überleben. Mama würde das auch nicht überleben. Das hier ist meine Welt. In Pelhřimov ist tote Hose, da gibts nicht mal Straßenbahnen und im Kulturhaus tritt maximal irgend so ne zweitklassige Sängerin auf. Meine Familie ist hier."

Lidka denkt über Selbstmord nach. Jetzt wohnt sie bei ihrem Bruder.

Lidka macht Aufnahmeprüfungen in einer Schule nach der anderen. Aber überall gibts Mathe.

Lidka wird in der Krankenpflegeschule genommen. Da gibts kein Mathe.

Lidka fliegt von der Krankenpflegeschule.

Lidka lernt Schneiderin. Vor drei Jahren ging sie regelmäßig ins Rudolfinum zu zeitgenössischer Komposition, tanzte im Ständetheater, ihr wurde gesagt, sie sei die Elite, sie sei mehr als die anderen. Jetzt sticht sie sich neben vier Jahre jüngeren Mädchen beim Nähen in die Finger.

Lidka trinkt ziemlich viel. Eigentlich dauernd.

Lidka hat die Ausbildung abgebrochen.

Lidka arbeitet in einem Keramikladen.

Lidka hat schon drei Jahre nicht mehr gelacht.

Lidka arbeitet an der Bar in der Pelhřimover Disco.

Lidka hat sich zwei Katzen zugelegt.

Lidka lacht immer noch nicht, ist aber mittlerweile Meisterin in Ironie.

Lidka besteht die Aufnahmeprüfung für die Hotelfachschule.

Lidka macht mit dreiundzwanzig ihren Schulabschluss.

Lidka hat sich noch eine Katze zugelegt.

Menses in Deutschland

Opa hat dich nach Deutschland mitgenommen. Man fährt da hin, um bessere Sachen zu kaufen, vor allem solche, die es bei euch nicht gibt. Und gerade wie du in der Umkleidekabine den lang ersehnten schwarzen Rock anprobierst, bekommst du endlich die Menses. Ein nicht aufzuhaltender Blutstrom rinnt über deine Kleidung, und natürlich auch über den schwarzen Rock. Du versuchst ihn mit der Hand aufzuhalten, kannst dich aber nirgends abwischen, und es sieht aus, als hättest du in der Kabine gerade jemanden ermordet. Deutsch kannst du nicht, also rufst du, mit blutigen Händen, den Kopf aus der Kabine rausgestreckt, nach deinem Opa. Als der hört, was passiert ist, verzieht er das Gesicht und tut, als wäre das eine totale Tragödie, als hättest du ihm gerade etwas richtig Unangenehmes mitgeteilt. Na, und dann hörst du nur noch laute Gespräche im ganzen Kaufhaus, und die Worte „ihre Periode“, und alle paar Sekunden steckt so ne rothaarige Deutsche ihren Kopf in die Umkleidekabine, verdreht die Augen und verschwindet wieder.

Am liebsten würdest du dich drei Meter tief in der Erde vergraben und nie wieder rauskommen. Im Auto redet Opa dann von nichts anderem, als dass du ihn total aus der Fassung gebracht hast und er eigentlich noch Käse kaufen wollte, aber wegen „deinen Problemen“ geht das jetzt nicht.

TAGEBUCHEINTRAG

Vorbereitungen für meine Geburtstagsfete.
J.R. weiß, wo es Lachgas gibt!

Vašek, der Pianist

Am Sonntagabend kommst du wieder ins Internat, oder du kommst nicht und sagst, dass du erst am Montag hergefahren bist, und kannst machen, was du willst. Es ist Mitternacht, also schon zu spät, um ins Internat zu gehen, da würde ans Licht kommen, dass du in keinem Theater warst – eure Standardausrede, weil Theater dürfen sie euch nicht verbieten, maximal können sie euch prüfen, was denn gespielt wurde, aber das habt ihr im Griff. Also rufst du Vašek an, diesen älteren Pianisten, der jeden Nachmittag mit seinem Geklimper das Café Lucerna beschallt, wo du deine Hausaufgaben machst und Rotwein trinkst, auf den er dich und die anderen Elevinnen regelmäßig einlädt. Er meint, du sollst auf jeden Fall zu ihm fahren, du wirst ja sicher nicht am Bahnhof schlafen.

In einer Plattenbauwohnung am Rand von Smíchov richtet er dir nicht die Couch zum Schlafen her, wie du gedacht hast, sondern sein eigenes Bett, und dann zieht er sich bis auf eine weiße Unterhose aus. Du siehst alte haarige Beine, einen schlaffen Brustkorb, wachsige Haare – einen ehemaligen Galan, der statt einer steilen Karriere als Pianist nachmittags Schnulzen im Kaffeehaus runterklimpert. Panische Angst überkommt dich. Und wie die Leute in Filmen es immer machen, sagst du ihm, dass du Kopfweh hast, und gibst dich mega unnahbar, damit sofort klar ist, was du meinst. Er ist ziemlich sauer, verzieht sich dann aber ins Wohnzimmer und überlässt dir sein Bett.

Am nächsten Morgen kredenzt er dir Cornflakes mit Milch, genauso wie seiner Tochter, die ein Jahr älter ist als du, sechzehn also, und verhält sich dir gegenüber ziemlich komisch. Am liebsten möchtest du sagen: „Danke, Papa", aber dieses Mal hältst du lieber den Mund.

Für Mama

Du erzählst zu Hause nix von deinen Problemen, aber nicht, um nicht bestraft zu wurden, sondern damit sich niemand Sorgen macht.

J.R.s Hysterie

J.R. wollte sich heute umbringen. Ihr hattet euch gestritten. Er stand auf dem Fensterbrett und hat wahnsinnig pathetisch getan, als würd er gleich springen. Kann er ja ruhig machen, aber das war ja bei deinen Eltern, und die wohnen im ersten Stock, unten sind Blumenbeete, also hätt er sich nicht mal ein Bein gebrochen.

J.R. DRISCHT DICH

Zum ersten Mal hat dir J.R. eine runtergehauen, wie er gesehen hat, dass du in Begleitung von dem Jungen aus der Bücherei zu ihm nach Hause gegangen bist. Du hast dich gerade vor dem Haus von ihm verabschiedet, als jemand die Tür mit einer Wucht aufriss, dass sogar die Mülltonnen dahinter umfielen. Und in der Tür stand J.R., total aufgebracht. Zuerst knallte er dem Jungen eine, dann dir, und er zog dich rein ins Haus. Dort drückte er dich gegen die Wand, dann schulterte er dich und rannte mit grimmigem Schnaufen hinauf in die Wohnung im vierten Stock. Das hat ziemlich gut gepasst, weil dir vom Klassischen noch die Beine wehgetan haben, und du nur schwer die vier Stockwerke hochgekommen wärst.

Ein anderes Mal hat er dir eine geknallt, als du wegen demselben Jungen spät heimgekommen bist, weil ihr mit Natálie im La Casa wart und dort versumpft seid. Außerdem steckte er dich dann mitsamt den Kleidern und allen Sachen in die Badewanne und drehte das Wasser auf, also waren deine Hefte im Arsch, die Geldbörse auch, die Bücher halb durchnässt, verdammt, um die war dir echt leid, weil das waren Kopien, die dieser Junge extra für dich in der Bibliothek angefertigt hatte, weil sie sonst nirgends zu bekommen waren. Ein unerträglich weicher Kundera. Später lachst du darüber. Aber an dem Abend warst du verwirrt und überhaupt nicht begeistert, obwohl er dir dann Karpfen in Weinsauce servierte, für den er sich angeblich den ganzen Abend ins Zeug gelegt hatte.

TAGEBUCHEINTRAG

Ich les Wörterbücher, Mamas Medizinbücher, lerne singen von Alena, stehle Papa das Reflex vom Klo, bin Dauergast in der Bücherei, will ganz dringend etwas können und etwas wissen, damit ich nicht nur herumspringen und die Beine in die Luft werfen muss.

TAGEBUCHEINTRAG

Die Franzová hat mich zusammengestaucht, dass ich schon wieder total daneben sei, was gar nicht geht, weil ich kann ja gar nicht schon wieder daneben sein, wenn ich davor überhaupt nicht daneben war, und jetzt bin ich in einer ganz anderen Dimension, was sie freilich nicht begreifen kann. Wahhhh! Ich platze gleich!

Schildi und die Schülerzeitung

Da ist diese ständige Angst, dass du nicht gefällst, dass du nicht gut genug bist, nicht schlank genug, nicht demütig genug, nicht bemüht genug, nicht gleich genug, dass du das Bein nicht gleich genug nach vorn und nach hinten streckst, und nicht genug lächelst, die ständige Angst, dass du sagst, was du denkst, dass du nicht agil genug bist, nicht leise und stumm genug, nicht genug nickst, keine unauffällige problemlose Maus, einfach richtig schlecht, dass du durchfällst, du nach dem Wintersemester rausgeschmissen wirst, oder am Jahresende, oder im kommenden Jahr, und du zurück nach Hause musst, in die Kleinstadt, aufs Gymnasium, zu deinen Eltern, die du seit ein paar Jahren gar nicht mehr brauchst, die du nicht kennst und die dich nicht kennen, die überhaupt nicht ahnen, wer du bist, wonach du dich so sehr sehnst, und dass du überhaupt ganz unglaublich viel Sehnsucht hast, Hauptsache tanzen, auf der Bühne stehen, die betörende Euphorie der Scheinwerfer und schwarzen Löcher des Zuschauerraums erleben, dass du dich am liebsten bis zum Äußersten verausgaben, dich öffnen und dein wahres Ich zeigen möchtest, was eben nur dann geht, wenn du tanzt und mit dem Tanz all die Trauer und den Schmerz und die Liebe ausdrückst, die du in dir hast, und all das würdest du verlieren, wenn du nicht weiter an der Ballettschule bleiben könntest, wenn sie dich rauswerfen, du etwas anstellst, wenn sie sagen würden, dass sie jetzt genug haben und du jetzt raus bist.

Und dir wird ganz anders, als dich deine Klassenlehrerin zum Direktor führt, zum verbitterten, boshaften Schildi-Monster, vor dem ihr euch alle beinah in die Trikots macht, und du ahnst, dass es nicht um eine Lappalie geht, dass er dich bestimmt nicht loben wird, aber du ahnst nicht, was wirklich passieren wird, weißt eigentlich nicht mal, warum du da hin musst, aber schon allein der Umstand, dass sie dich zu ihm schickt, verheißt nichts Gutes.

Und du musst dann draußen am Gang warten, wo es keine Sitzbank gibt, also stehst du herum, lehnst dich gegen den Heizkörper unter dem großen Doppelfenster, das auf den Hof geht, wo ihr nicht hindürft, und da geht auch schon die Tür auf, und du hörst nur ein lautes „Sie soll herkommen!“, und mit einem reumütigen und geschockten Gesichtsausdruck fordert dich die Sekretärin auf, einzutreten, und sie tut so, als hättest du mindestens ein Attentat begangen oder massenhaft unschuldige Babys getötet, und dann schaut sie drein als würd sie gleich sagen: Also, was du dir da erlaubt hast!, und lässt dich ins Büro vom Direktor.

Der Schildi sitzt am Tisch und deine Klassenlehrerin steht davor, in Bereitschaft, und er brüllt dich an, du sollst sofort erklären, was das soll, und holt die Schülerzeitung raus, die du fast ganz allein, also zusammen mit Bára, herausgibst, für die du aber die volle Verantwortung übernimmst und auch den ganzen Ruhm bekommst, weil sie ziemlich beliebt ist, auch die Jungs aus der Siebten lesen sie. Und du sagst, dass das die Schülerzeitung ist, die zufällig ganz ähnlich heißt wie der Direktor, also, da sind ein paar Buchstaben vertauscht, aber sonst ist das einfach ein ordentliches, linkes und politisch engagiertes Schülermagazin, weil ihr habt doch Meinungsfreiheit, und außerdem, am beliebtesten sind sowieso die Horoskope, die Kreuzworträtsel und Foto-Collagen, auf denen die Mitschüler in leicht kompromittierenden Szenen zu sehen sind (wie sie müde unter der Stange schlafen, wie sie sich auf dem Klo fotografieren oder gekleidet sind wie das andere Geschlecht), und dann deine Artikel, zum Beispiel über den Tod einer Ballerina durch Hunger, oder Umfragen, welche Professoren am beliebtesten sind, oder Geschichten über den Wert des menschlichen Lebens, gleich neben Reportagen aus den umliegenden Bars und Cafés, mit dem Titel *Die besten Orte zum Schule schwänzen.*

Aber du begreifst nicht, worin das Problem liegt, ob ihm diese virtuose Karikatur des Lehrkörpers mit dem Gedicht in Reimen nicht gefällt, oder der Artikel über die Wege der Absolventinnen und Absolventen, die statt beim Ballett nun im Schwarzen Theater als Mimen tätig sind. Der Schildi ist ganz rot, als würde man ihn bei lebendigem Leib kochen, er wirft dir böse Blicke zu und brüllt, oder stammelt eher, weil er nach Luft schnappt, dass du der Schule schadest, wer du denn zu sein glaubst, und was du dir dabei denkst, wenn du sowas machst. Solche Allüren könntest du an irgendeinem Gymnasium ausleben, wobei er Gymnasium mit besonders viel Despekt ausspricht. Und dass du dich, wenn du dir denkst, dass du mit sowas durchkommst, ganz schön verschätzt hast.

Dir ist aber längst klar, dass du damit nicht durchkommst, also, es verweist ja auch nix darauf, es ist ziemlich eindeutig, dass es mit deinem zukünftigen Schicksal ziemlich schlecht aussieht, dass du ziemlich in der Scheiße sitzt, und du beißt auf deiner Zunge herum, um ja nichts von Kreativität zu entgegnen, umklammerst das Abzeichen mit Che Guevara in deiner Hosentasche, wie ein Gotteslästerer, der schwört und zugleich unter dem Mantel die Finger kreuzt, und in dem Moment hättest du dir wirklich alles gefallen lassen, nur damit der Schildi dich nicht von der Schule wirft, damit er in diesem Moment nicht dein gesamtes Schicksal besiegelt, deinen Glauben bricht und dich nicht zu Selbsthass und Selbstverachtung verdonnert, weil dus mit der blöden Schülerzeitung zu weit getrieben hast. Dein Traum kann in einer einzigen Sekunde zerplatzen. Und so hältst du den Mund, und in Gedanken betest du, und die Schwester Angelika hätte ihre Freude daran, dass du dir letztendlich nur eine Verwarnung, also einen Rauswurf auf Bewährung, erbetet hast. Beim Rausgehen brichst du vor Erleichterung in Tränen aus und schwörst dir, dass du all deine literarischen Ambitionen aufgeben und nur noch tanzen wirst. Mit einer Ausnahme, und zwar deine neuen Gedichte, die ziemlich arg sind, die aber im Untergrund bleiben und nur heimlich verbreitet werden, hinter verschlossenen Türen und gut versteckt in Schulbüchern, und es ist ganz klar, dass es in jedem einzelnen um den Schildi geht.

Luxor und Klára

Der Klub Luxor ist direkt auf dem Wenzelsplatz, im Keller von so nem grauen, halbleeren Palais. Als ginge man in einen Heizraum, eine schmutzige Treppe runter, silberne Heizungsrohre, ein Feuerlöscher, eine kaputte Aushangtafel. Dann öffnest du eine von viele grauen Türen, dahinter hängt noch ein dicker Vorhang, und stehst in einem verqualmten Saal. Niedrige Decken, schwere Kellerluft, alter Rauch, ewig wurde da nicht gelüftet, dreckige Teppiche, eine provisorische Bar, hinter der nie jemand steht, Sitzmöbel wie aus acht unterschiedlichen Wohnzimmern, und weitere Möbelstücke, wild zusammengemixt, vermutlich geschenkt bekommen oder vom Flohmarkt. Und dann natürlich ein DJ, der da herumwippt, total drauf ist und stundenlang schon House spielt, gestern vor Mitternacht hat er begonnen und jetzt um zwei am Nachmittag mixt er immer noch, aber eigentlich spielt er nur noch ganze Platten.

Zwei Sofas sind besetzt, auf einem hats sich ein langhaariger Studi gemütlich gemacht, er trinkt Turek und liest nen dicken Schmöker, und auf dem anderen Sofa schlafen zwei Mädchen, ganz in Silber gekleidet, mit verwischtem Make-up, Minirock und Buffalos, die Füße auf dem Couchtisch mit nem übervollen Aschenbecher, und jede hat zwei kleine Dutts, klar, dass die nach einer Party hier gelandet sind, und an der Bar steht jemand, der auf nen

Kellner wartet, von dem niemand weiß, ob er wirklich kommt, und manchmal blitzt in der Tür ein bekanntes Gesicht aus der Clubszene auf, oder jemand, der hier nur seine Kumpels sucht, schaut rein, kennt aber niemanden und zieht weiter.

Atmen kann man hier nicht wirklich, aber der House pocht ziemlich smooth und sorgt für gute Stimmung, sofort kommst du in den Rhythmus, willst das Kinn nach vor strecken, oder einfach nur ein bisschen wippen, dich vielleicht vor den DJ stellen und ein bisschen in seine Richtung abgehen, damit er weiß, dass ihm zumindest irgendwer zuhört, obwohl – ihm ist das völlig egal. Ganz gechillt, mit dem Kopfhörer an einem Ohr, checkt er die Platten und kümmert sich sonst um nix.

J.R., Natálie und du setzt euch auf ein heruntergekommenes Sofa, und J.R. holt ne kleine Blechdose mit Gras raus, ihr dreht euch nen ganz dünnen Jolly, weil es ja grad mal Mittag war und ihr bis zum Abend normal bleiben wollt. Ihr wartet, ob nicht noch jemand auftaucht, Obal vielleicht, oder die Mädchen aus Natálies Klasse. Nach einer Stunde Chill geht die Tür auf und rein kommt ein Typ mit nem Mädchen, das sich kaum noch auf den Beinen hält. Du erkennst Klára. Ja, Klára, die zuerst in Natálies Jahrgang war, durchgefallen ist und in deine Klasse kam, und dann rausgeschmissen wurde, zusammen mit sieben weiteren, im Rahmen der Säuberungswelle in der Fünften. Klára wechselte auf keine andere Schule und war auf einmal wie vom Erdboden verschluckt. Jetzt ist sie angeblich voll drauf, das hat dir Aneta erzählt, die hat Klára als Einzige ein paar Mal getroffen. Klára stützt sich gegen den Türrahmen und diskutiert mit diesem Typen, der ne Sonnenbrille aufhat, obwohls hier ziemlich dunkel ist. Du winkst in ihre Richtung, aber sie sieht dich nicht, schaut eigentlich nirgends hin, als hätte sie Aprikosen statt Augen. Sie hängt in der Luft, hängt auf der Schwelle, wie im Zwischenraum zwischen der realen Welt und diesem Loch hier, dem Wartesaal, wo ihr auf alles wartet, was man euch versprochen hat.

Dein Leben ist schäbige Wirklichkeit, schäbige Freiheit, du kannst alles tun, darfst aber nix, bist in der Pubertät, und niemand hat dir gezeigt, wie man das eigentlich macht. Immer gehst du bis ans Limit, hast Hunger auf das Leben in seinen extremsten Formen; alles muss ausprobiert werden, es ist wie bei den Parfumtestern im Drogeriemarkt, du sprühst dich mit allem ein, allein deshalb, weil es möglich ist, aber nie kaufst du dir was, weil du das ja doch nicht brauchst. Jemandem oder etwas nahe sein, Vertrauen spüren, das fehlt dir. Es ist echt wahnsinnig schwer.

Klára, die immer noch wie ein Kind aussieht, wippt auch im Rhythmus. Bumm bumm, Smack Smack, bumm bumm, ratata, bis sie dann zur Tür rausstolpert, sich dabei an dem dicken Teppich-Vorhang und dem abgemagerten Brillen-Typen festhält. Es folgen ein paar Jahre auf H, bis sie ein Kind bekommt. Erst das rettet sie.

TAGEBUCHEINTRAG

Eine Aufführung mit zusammengestellten Ballettszenen in der Laterna Magika. Ich hab ein Solo getanzt, eine Variation aus Paquita, und dann noch was Modernes, von so nem Choreographen namens Petr Zuska, echt komisch, der Name. Eine unbekannte Frau ist danach zu mir gekommen und hat gesagt, dass das ein intensives Erlebnis war, dieser moderne Tanz, und dass sie das richtig mitgenommen hat. So solls ja sein. Ich hab mir gesagt, dass ich entweder jetzt das Beste aus mir herausholen oder mich gleich umlegen kann. Und hab dabei die ganze Zeit an Jeanne d'Arc gedacht, in dem Augenblick, als die Flammen auf sie züngelten. Das hat offenbar geholfen.

Mutter und die Ergriffenheit

Deine Mutter ist unglaublich stolz auf dich. Sogar wenn sie nur von dir erzählt, ist sie ganz gerührt. Du hältst das überhaupt nicht aus. Und dauernd möchte sie dich umarmen. Dir ist klar, dass sie deinen Lebensstil überhaupt nicht begreifen würde, und mit zwölf schwörst du dir, dass du ihre Vorstellungen erfüllen wirst und brav, vernünftig, erwachsen und immer diplomatisch sein wirst – mit den Worten hat dich deine Tante gelobt, als sie sich umgezogen hat, und du ihr dabei nicht auf den Busen geschaut hast. Und nie, nie sagst du deiner Mutter, wie du wirklich lebst und wer du wirklich bist.

Kinder und Streicheln

„Kinder sollen viel gestreichelt und gelobt werden.“ Ja, das ist nett, aber nicht, wenn du sechzehn bist und sie dich nachstreicheln wollen, weil sie aufholen wollen, was sie nicht geschafft haben.

Opa King

Was dich manchmal über Wasser hält: dein Opa King. Er hat buschige Augenbrauen, wie zwei schwarze Rasenteppiche, sitzt immer an der Stirnseite vom Tisch und Mama benimmt sich vor ihm wie ein kleines Mädchen. Immer, wenn du mal am Wochenende zu Besuch kommst, steckt er dir nen Tausender unter den Suppenteller. Und immer folgt das dasselbe Ritual: „Opa, das muss doch nicht sein", und er gibt dir mit seinem Blick zu verstehen, dass darüber nicht diskutiert wird, und du hältst deinen Mund, weil die Kohle ziemlich gelegen kommt. Dank deinem Opa King kennst du alle Pilze weit und breit, hast du einen superguten Orientierungssinn, warst du in Tunesien, kennst du die Poesie von Wein, müssen Jungs ein gewisses Niveau haben und dank ihm bist du auf der Ballettschule. Er führt dich, legt dabei seine Hand auf deinen Hinterkopf, und wenn er irgendwo was Interessantes entdeckt, reicht eine Handbewegung, und dein Kopf wird in die richtige Richtung gedreht. Außerdem stellt er dich verschiedenen Frauen vor, und die fragen dann immer: „Herr Doktor, ist das die Ballerina?"

Meistens sind das seine Patientinnen oder seine Geliebten oder beides. Meistens sind sie jünger als deine Mama, und Opa hilft ihnen, weil da bei euch in der Region erwarten die Frauen das von den Kerlen. Seit du zwölf bist, lässt er dich mit einer Hand das Auto lenken, und mit siebzehn lässt er dich allein ans Steuer. Endlich fühlst du dich unabhängig und emanzipiert. Du fährst richtig schnell, kurbelst das Fenster runter und lässt dich vom Wind peitschen, statt Tschaikowski drehst du das Regionalradio volle Kanne auf, das ganze Ballett kann dich für eine Weile gern haben, du möchtest weiterkommen, immer weiter, über den Horizont hinaus, du überwindest Distanzen im Flug, bist völlig frei und die Straße neben den gelben Feldern gehört nur dir allein. Endlich bist du auch King.

Schluss machen mit J.R.

Du hast mit J.R. Schluss gemacht. Es ging wirklich nicht mehr. Du möchtest kein exotisches Vögelchen im Käfig sein, oder ein zukünftiges Opfer häuslicher Gewalt, dazu ist dein Ego zu groß. Außerdem hast du gerade festgestellt, dass, wenn dich jemand vergewaltigen wollte, du mit den Oberschenkeln so fest zudrücken kannst, dass du ihm die Eingeweide zerquetschst.

TAGEBUCHEINTRAG

(aus dem Aufenthaltsraum im Internat)

Die Neue hat n Handy. So n Luder! Ich habs mir von ihr geliehen, weil ich dringend meinem Bruder schreiben muss. In letzter Sekunde hab ich die Nachricht aber gelöscht. Ich wollt ihm vorschlagen, dass er mal bei mir übernachten kann. Am besten bei mir im Bett. Aber keine gute Idee. Ich lern immer noch, wie ich mich in seiner Gegenwart verhalten soll. Ich such ihn. Als Bruder. Ich such Spontaneität und Aufrichtigkeit. Uns trennen zwei Welten und siebzehn Jahre Abgrund. Wir kennen uns immer noch nicht.

Der Wettbewerb steht an

In einer Woche ist der Wettbewerb. Deine Füße tun brutal weh, auch dein Magen, deine Hände zittern, so erschöpft bist du, viel mehr als wie damals auf Crystal, und sie zittern sogar nach dem Schlafen auf der Schulbank. Weil in den meisten Fächern wird ja geschlafen.

Die Lehrer lassen dich. Sie wissen: Tschechisch, Französisch, Englisch, Anatomie, alles das sind zweitrangige Fächer. Hauptsache, du bist gut in Form beim Praxisunterricht, in Szenischem und Klassischem Ballett. Tänzerinnen müssen nicht schlau sein. Und du wirst jetzt geschont. In die Spitzenschuhe schaffst du es kaum noch, weil du ganz geschwollene, rote Zehen hast, und deine Achillessehnen quietschen wie eine alte Kaffeemühle. Du steckst die Füße in Eiswasser und betest, dass sie noch zumindest eine Woche durchhalten.

Dominika hätte auch zum Wettbewerb sollen, ist aber nicht mehr dabei, weil sie ganz kaputte Knie hat. Diese schreckliche Ernährung mit Instant-Suppen und Keksen, jeden Tag acht Stunden Training mit maximaler Intensität, plus Proben für Aufführungen am Abend, null Regeneration und tagtäglicher Stress machen sich jetzt bemerkbar. Erst ein paar Jahre später wird Dominika die Matura nachholen, eine Abendschule besuchen, also zu einer Tageszeit, wo sie eigentlich auf der Bühne hätte stehen sollen. Und dann macht sie einen Laden mit Ballettbedarf auf.

Der Bruder in Prag

Dein Bruder besucht dich in Prag. Du freust dich, dass du ihm dein Leben zeigen kannst, deine Welt. Deine Musikerfreunde, deinen Sinn. Du hast ihn schon absorbiert, du schaffst es schon, dass du sagst: „Ich habe einen Bruder", ohne verlegen zu werden. Die Musik und die Legenden über eure Eltern, Was-wäre-wenn-Geschichten über deinen Vater und seine Mutter, darüber redet ihr am öftesten.

Warum haben die zwei nie geheiratet? Warum hat sie ihn abgewiesen, als er sie heiraten wollte? Warum haben sich deren Eltern dann eingemischt, und warum war nicht einer der beiden stark genug, warum hat sich niemand durchgesetzt und gesagt: Genug! Die hoffnungslose Gegend da bei euch ist ja nur begrenzt lebensfähig, das Selbstbewusstsein dieser Nachkriegskinder ist verkümmert, niemand hat Ambitionen zum Glücklich sein, das ist eine verlorene Generation, geboren im härtesten Totalitarismus, die sich mit dem Wenigsten zufrieden geben muss und den Autoritäten hörig ist. Weil: Man muss den Kopf einziehen und darf keine Probleme machen.

Wie haben die das ausgehalten? Wenn du keine Luftschlösser kennst, sehnst du dich auch nicht nach ihnen. Wenn sie dir alle Träume rauben, hast du irgendwann keine mehr. Redest du da nicht vielleicht von dir selbst? Dein Bruder wollte nie rebellieren und hat immer auf seine Mutter gehört. Er hat so sehr auf sie gehört, dass er ihretwegen Geige lernte und die Aufnahmeprüfungen am Konservatorium machte, und sie hat ihn begleitet und war stolz, dass er aufgenommen wurde, obwohl er sich doch immer viel mehr für Elektrotechnik interessierte.

Ihr quatscht, als würdet ihr euch von klein auf kennen, als wärt ihr zusammen aufgewachsen, hättet die Ferien zusammen verbracht, bei Oma zum Beispiel, und gemeinsam Geige und Klavier geübt. Dein Bruder sagt, er habe sich immer gewünscht, dass er Schwestern hat, er habe sich sogar gewünscht, selbst ein Mädchen zu sein.

TAGEBUCHEINTRAG

Abschlussprüfungen im Klassischen. Alle kotzen! Ich auch, weil ich was gegessen hab. Der Schildi hat uns total zusammengestaucht, dass wir fett sind (bis auf Bára Nummer eins. Aber die hat eine Schilddrüse, das Luder!). Er meinte, wer mehr als 50 kg hat, darf nicht mitmachen beim Partnertanz. Also fast alle. Er hat uns wegen der Figur schlechtere Noten gegeben. Allen um ein Grad nach unten (ich hab eine 2!).

TAGEBUCHEINTRAG

Martin, der neue Mitschüler, gefällt mir. Er ist zwar recht ruhig, aber sein Blick bohrt sich bis tief in mein Inneres. Vielleicht aber nur deshalb, weil er ein bisschen schielt. Leute, die schielen, sind Genies. Heißt es.

Opa ist gestorben

Weihnachten. Deine Eltern werden dich wieder zum Essen zwingen. Über die Feiertage nimmst du jedes Mal furchtbar viel zu. Du fasst den Entschluss, dass ihnen das diesmal nicht gelingen wird. Immerhin steht der Wettbewerb an. Beim Essen streitest du dich ganz schlimm mit Opa. Am nächsten Tag fährst du ihn besuchen, willst ihm Weihnachtskekse bringen, zur Versöhnung, und vielleicht könntet ihr zusammen Skifahren gehen, damit du in Form bleibst.

Du läutest, er macht nicht auf, obwohl das Licht brennt. Du telefonierst herum, rufst seine Freundinnen an, seine Geliebten, niemand weiß was. Dann rufst du den Aufsperrdienst. Und die Rettung. Also eigentlich nur noch den Leichenwagen. Der Tod ist nicht schön. Mit dem theatralischen Sterben auf der Bühne hat er nichts gemeinsam. Er lässt dich ohne Weiteres in einer richtig unwürdigen Position erstarren. Mama sieht den Opa zum Glück nicht, ist aber trotzdem total fertig, Papa tröstet sie, und du erledigst alles und wartest, dass man ihn holt.

Eine seltsame Stille. Die leere, hell erleuchtete Wohnung macht quiekende Geräusche. Du sitzt an der Eingangstür auf dem Boden und rauchst. Opa stört das jetzt nicht mehr. Er liegt im Bad. Du hörst die Hunde aus der Wohnung unter dir, das Ticken der Uhr, obwohl in der Wohnung gar keine hängt, das Brummen vom Kühlschrank, manchmal geht die Haustür auf und wieder zu, unten auf der Straße spielt ein Autoradio. Die Stille tut in den Ohren weh. Du wirst nicht schwach. Du schaffst das. Wie auch sonst alles.

Und dann träumst du regelmäßig von ihm. Er kommt sich verabschieden, weil ihr das nicht mehr geschafft habt. Immer morgens hast du das Gefühl, dass er doch noch da sein muss. Er muss einfach da sein. Immerhin baut er dich immer wieder auf. Jedes Mal, wenn du vor nem Riesenproblem stehst, ist er für dich da. Du siehst ihn, hörst ihn. Du siehst seinen erhobenen Finger, wenn er sich in der Tür verabschiedet und dir schelmisch zuzwinkert: „Brav bleiben!", und auch: „Schlau bleiben!" Seinen Wagen, den du „Roter Porsche" taufst, obwohl es ein Renault Europa ist, fährst nur noch du. Und als du mal den Aschenbecher an der Armlehne aufmachst, entdeckst du da ne Schachtel Kondome. Opa war bis zum Schluss ein King. Erst jetzt heulst du so richtig los und kannst nicht mehr aufhören.

Szenisches mit der Jurodivá

In der Sechsten bekommst du die Jurodivá in szenischer Praxis. Als einzige von allen an der Schule war die eine echte Primaballerina. Sie hat Odette und Odile getanzt, den weißen und den schwarzen Schwan, bei denen nie klar ist, ob es sich um zwei Seiten ein und derselben Person handelt, oder ob, wie es im Libretto heißt, der schwarze Schwan nur die verlängerte Hand des bösen Zauberers Rothbart ist. Die Jurodivá ist anders als alle anderen. Nie brüllt sie euch an, nicht einmal die Stimme erhebt sie, nie ist sie böse auf euch. Und sie ist groß! Sogar größer als du, über 1,70. Das ist Hoffnung!

Aber sie ist noch in anderer Hinsicht anders. Wandelnde Stille. Verschlossen. Durchdrungen von einer eigenartigen Melancholie, man könnte fast sagen Kummer. Und den schleppt sie manchmal hinter sich her, wie Schleim, und du bekommst das Gefühl, dass sie euch alle damit ansteckt. Ganz still zeigt sie die Tanzschritte vor und beobachtet euch dann mit zusammengekniffenen Augen; ihre Anmerkungen schreit sie nicht durch den gesamten Saal, sondern sie geht zu jeder einzeln hin, überbringt sie euch beinahe flüsternd, und wartet auf Korrektur, ganz eigensinnig. Sie hat unreine Haut, fantastisch lange, schlanke Beine, und geht dir nicht auf den Leim, wie die Husová, die dir sofort glaubt, wenn du sagst, heute ist der Internationale Tag der Entspannung und deshalb sollt ihr keine Sprünge machen müssen. Die Jurodivá ist über dreißig und ihre Karriere als Ballerina ist vorbei. Der Harapes ausm Nationaltheater will sie nicht mehr, weil sie alt ist. Du vermutest, dass sie das schlecht verkraftet. Jedenfalls siehst du sie nie, aber wirklich nie lächeln.

Bruder probiert ein Kleid

Ihr habt ziemlich viel Spaß, weil dein Bruder deine Sachen anprobiert. Was Ohrringe angeht hat er einen echt guten Geschmack. Das ist richtig krass lustig, aber raus geht ihr so lieber nicht. Ihr trefft euch ja doch mit deinen Kumpels, und denen möchtest du deinen Bruder im besten Licht vorstellen.

Wurzeln

Du liebst deinen Bruder. Hast ihn dir so sehr erträumt. So sehr hast du dich an diese Vorstellung geklammert. Wahre Liebe ist nicht körperlich. Alles Körperliche ist ekelhaft. Penis, Körperhaare, Eier, Achselhöhlen. Geschlafen wird mit Jungs, die man nicht liebt. Für die, die man liebt, wird gekämpft. Oder es ist noch ganz anders. Immer wenn du einem Jungen gegenüber Vertrauen und Liebe spürst, stellt sich heraus, dass er auf Jungs steht. Wie bei Honza alias Vyšehrad, mit dem du dich echt spitze verstanden hast. Alle dachten, ihr wärt zusammen. Also ihr wart auch zusammen, unterwegs in der Stadt, und habt euch unterhalten. Also der hat jetzt entdeckt, dass er schwul ist.

Oder wie bei Petr, der Rebell, bei dem konntest du dir vorstellen, dass ihr ein Paar werdet. Der hats erst vor kurzem entdeckt. Oder Michal, der einmal aus Erschöpfung im Klassischen unter die Stange gefallen ist, und als die Mitschüler zu ihm liefen, brüllte die Professorin: „Sofort in Position!“, und ihr habt zurück müssen an die Stange, die Kombination fertigtanzen, und erst dann durfte man zu dem ohnmächtig auf dem Boden liegenden Michal, und nachschauen, was passiert ist. Also der auch. Und Obal, inzwischen voll geoutet und definitiv schwul, davor aber echte Liebe.

Dann gibts da noch die Jungs und Kerle, die mit dir anbandeln wollen. Eine ganz andere Sorte, wie von nem anderen Planeten, auf dem eine echt eigenartige Gattung lebt. Wenn du in ihrer Nähe bist, dann führen sie so n ekliges Ritual auf, stolzieren herum wie n Truthahn, ziehen die Silben in die Länge, schieben das Kinn so komisch zu dir, als wollte dich eine Schlange ablecken, sie stehen breitbeinig da und strecken die Hüften vor. Und dann, wenn du zufällig allein mit ihnen bist, kommen sie dir immer näher. Als stündet ihr in einer vollen U-Bahn, obwohl überall genug Platz ist, und sie glänzen und schnaufen, und auf einmal wird ihre Stimme viel tiefer und langsamer, als wollten sie dich ködern wie nen Fisch.

Sie erinnern dich an diese Installateure, die mal ins Internat gekommen sind wie das Klo kaputt war, du hast sie dahocken und in der Kloschüssel herumgraben sehen und dann, mit genau derselben Ergriffenheit, haben sie dich angegafft, und als du an ihnen vorbeiwolltest, ins Bad, versperrten sie dir den Weg und stützten sich, die Ärmel aufgekrempelt, mit diesen dicken Unterarmen gegen den Türrahmen. Und du hast dir dann die Hände lieber nicht mehr gewaschen, damit du nicht mehr an ihnen vorbei musstest.

Männliche Körperlichkeit ist einfach insgesamt eklig und hat mit Liebe überhaupt gar nix zu tun. Du sehnst dich aber wahnsinnig danach, zu lieben, jemanden zu haben, der dein Fels ist, dein Anker, du möchtest Wurzeln schlagen bei jemandem, hast eine enorme Liebeskapazität, das hast du von der Mama. Du bist randvoll davon und weißt nicht, wohin damit, wem sie geben, sich wem hingeben, damit es später nicht wehtut, und daher liebst du deinen Bruder.

Du stellst dir vor, dass er ein Teil von dir ist, und verspürst ein eigenartiges Gefühl von Sicherheit. Endlich hast du die Wahrheit gefunden, und darfst Schwäche zeigen, und niemand kann dir deshalb was anhaben. Ihr geht miteinander ins Theater, du trägst ein extravagantes schwarzes Kleid, rückenfrei, wie dieses Spice Girl, und er hat ein silbernes Glitzersakko an und ganz goldene Haare und schaut aus wie Dorian Gray. Gemeinsam geht ihr durchs Foyer, jeder ein Glas Sekt in der Hand. Ihr setzt euch in die Loge, die Lichter gehen aus, im Dunkeln ertönt ein letztes Klirren, wie ihr anstoßt, der Vorhang geht auf und du legst deinen Kopf an seine Schulter.

Jurodivás Selbstmord

Die Jurodivá ist nicht zum Unterricht gekommen. Bestimmt ist das deine und Báras Schuld, weil ihr habt ihr zu verstehen gegeben, dass diese Kombinationen, die sie da mit euch macht, was für Erstklässler sind. So sehr wollt ihr tanzen, und dann macht sie mit euch immer nur Echappé, Echappé, Echappé, Echappé, Sous sous, und dasselbe auf der anderen Seite. Das ist wahnsinnig langweilig. Also, war langweilig. Ihr bekommt eine andere Professorin. Erst in der achten Klasse erfährst du, dass die Jurodivá damals nicht gekommen ist, weil sie aus dem Fenster gesprungen ist. Sie hat nix hinterlassen. Keine Kinder, keinen Mann, auch keine Videos im Internet, das grad im Kommen ist und dir zumindest scheinbare Unsterblichkeit versichert. Nur eine unendlich lange Liste an Rollen im Archiv des Nationaltheaters hat sie hinterlassen.

TAGEBUCHEINTRAG

Ich genieße es extrem, dass ich allein bin. Endlich, für ne Weile. Das ist eine geniale Belohnung, und die potentiellen Schwierigkeiten nehm ich gern in Kauf, weil das wunderbar schön ist, die warme Abendsonne, der Duft von den blühenden Kastanien, die Vögel zwitschern, und ich näh meine Spitzenschuhe für den morgigen Unterricht. Die Bänder hab ich schon, den Gummi an der Ferse auch, jetzt noch den Saum – ich versteh nicht, warum sie die Spitzenschuhe nicht schon mit Saum herstellen, so mach ich dreimal pro Woche Handarbeit, als hätt ich nichts Besseres, Intellektuelleres zu tun. Das ist ja Gehirnwäsche, damit wir in den wenigen Mikro-Momenten Freizeit, die wir haben, nicht was anderes tun können, was lernen zum Beispiel, uns weiterbilden und dann das System der fortschreitenden Dementierung durchschauen! Weil: dumme Ballerina = gute Ballerina! Aber die Spitzenschuhe kann man sich ja auch in der Kneipe nähen, du bist zwar dann ein Freak, aber meist lernst du jemanden kennen, der fragt, was du da machst, und der dich aus Mitleid sogar auf ein Bier einlädt.

Papa schreibt dem Schildi

Endlich darfst aus dem Internat ausziehen. Du mietest dir ne Wohnung ohne Küche (aber die brauchst du eh nicht). Sie hat ein Zimmer mit nem schmalen Bett und ein Bad mit langbeinigen Spinnen. Du platzt fast vor Glück. Keine nervigen Erzieherinnen-Tanten mehr, keine fremden, Luft holenden Körper, die du dir nicht aussuchen kannst, kein spontanes Abendprogramm, keine Streitereien. Stille. Nur ein Paar Schuhe an der Eingangstür, eine abgelegte Jacke, ein angelesenes Buch, ein angebrochener Joghurt auf dem Tisch. Alles steht immer an derselben Stelle, wenn du von der Schule zurückkommst.

Und dann ist Elternsprechtag und der Schildi verbietet deinen Eltern, dass du aus dem Internat ausziehst. Du müsstest da bleiben. Sie sind ganz starr und wissen auf einmal nicht, was sie darauf sagen sollen, wie sie sich wehren sollen. Du bist am Ende. Noch ein Traum im Arsch. Es tut sogar physisch weh. Aber deine Eltern bewahren Haltung. Sie fühlen mit dir. Glauben dir. Papa schickt dem Schildi einen Brief, dass er ihm doch den Buckel runterrutschen könne. Du bist achtzehn und wirst in die Wohnung ziehen. Basta. Endlich ist er mal kein Weichling. Hat der Schildi halt Pech gehabt. Er hasst dich aber dafür umso mehr. Für dich aber eigentlich okay so.

TAGEBUCHEINTRAG

Für einen Besuch am Jüdischen Friedhof blättern die Touristen mehrere Hunderter hin, und wir gaffen aus allen drei Sälen runter, Tag für Tag, ohne Interesse. Mich würd interessieren, ob ich, wenn ich loslaufen und aus dem offenen Fenster springen würde, dann dort lande, zwischen den Steintafeln im hohen Gras, oder nur auf der Straße davor, und dort einen Stau verursache.

TAGEBUCHEINTRAG

Natálie ist schon raus aus der Schule. Sie sieht irgendwie gesund aus.

TAGEBUCHEINTRAG

Im La Casa wollte mich wieder dieser argentinische Maler begrapschen. Er ist mir nach, als ich aufs Klo bin, und hat mich am Gang überfallen. Angeblich wär ich ein tolles Modell. Der ist echt naiv, denkt der, dass er mich mit so ner klischeehaften Anmache ins Bett kriegt? Warum beurteilen mich alle immer nach meinem Aussehen? Für alle Typen bin ich nur ne Trophäe. Das kotzt mich echt schon an. Warum bin ich nicht auch ein Kerl? Schade, dass man nicht einfach entscheiden kann, welches Geschlecht man gern hätte.

Im Bordell

Dominika will in Prag bleiben, obwohl sie nicht mehr auf die Ballettschule geht. Sie ist 17, besucht gar keine Schule, und möchte ein eigenes Business starten. Angeblich ist Telemarketing grad voll im Kommen, aber sie macht was mit Kosmetika. Sie ist Kosmetik-Agentin, dealt mit Shampoos, Nagellack und Anti-Falten-Cremes, die sie bewirbt, als wäre sie dadurch mit ihren siebzehn Jahren mindestens zehn Jahre jünger geworden. Die Matura braucht sie derweil nicht. Die kann sie ja immer noch in einer Abendschule nachholen. Dann hat sie einen perfekten Plan und nutzt das Einzige, was sie kann. Tanzen. In Leggings und mit nem Radiorekorder studiert ihr im Wohnzimmer von ihrem Onkel zwei super Nummern ein. Einmal Charaktertanz, aufgemöbelt durch spanischen Flamenco, und die zweite Nummer ist ne richtig moderne Choreographie, inspiriert von Merce Cunningham. Dominika kennt da n Lokal, in dem ihr für so nen Auftritt zwei Tausender kriegt. So viel wie dein Taschengeld für einen ganzen Monat!

Also geht ihr eines Tages um zwei Uhr Nachmittag in das Lokal, in dem ne Fachkommission bewerten wird, ob ihr gut genug seid fürs Abendprogramm. Angeblich bekommt ihr den Job, wenn die Mädels klatschen. Das Lokal ist in so ner Seitenstraße vom Wenzelsplatz, Ve Smečkách, und ihr geht durch eine Tür mit dem Schild „Personal“

bis in die Küche, dort zieht ihr euch das sauber gebügelte Kostüm an und legt zum Aufwärmen ein Bein auf den Eisschrank, und die Spüle ist die Stange, die CD mit der Musik ist schon beim DJ und der wartet nur auf euer Zeichen. Erhabenen, langen Schrittes und mit südländischem Temperament schreitet ihr durch einen dunklen Saal, wo es nachmittags aussieht wie um vier Uhr in der Früh, violettes Neonlicht erleuchtet die Bar, alles wiegt sich im Discorhythmus, an den schwarzen Wänden spiegelt sich die Discokugel. Große Sofas und Loungetische statt normalen Tischen und Stühlen, und ganz hinten, umgeben von rosa Sofas, eine kleine Bühne mit einer Stange in der Mitte. Vier gähnende Frauen mit den genervtesten Gesichtern ever und die Chefin, mit der Dominika telefonierte, lungern auf den Sofas herum. Die Frauen haben Hauskleidung an, gefakte Adidas-Jogginganzüge, wie sie bei euch zu Hause im Grenzgebiet von den Vietnamesen verkauft werden, und Gummischlapfen mit Absatz, und eine trägt so nen Morgenmangel aus Spitze und n blondes Pferdeschwanz-Haarteil. Alle haben extrem lange, falsche Fingernägel.

In schwarzen Trikots und knöchellangen schwarzen Röcken, mit nem sorgfältig glattfrisierten Dutt und ner roten Blume im Haar, und Schnallenschuhen mit niedrigem Absatz klettert ihr auf die Mini-Bühne, man hört die Kastagnetten in euren Händen, und nehmt die Ausgangsposition ein. Sofort wird euch klar, dass ihr die ausgedachte Choreographie nicht machen könnt und euch mit Bewegungen auf der Stelle begnügen müsst, weil diese Stange da echt stört, und ihr daher umso mehr mit dem Ausdruck arbeiten müsst. Die eine Frau, die noch fehlt

– die mit russischem Akzent vorhin den Kellner weggeschickt hat –, kommt aus dem Nebenzimmer zurück, ein Wodka-Orange in der Hand, das erfährst du aber nur, weil die Chefin sie anfährt, sie soll ihr auch eins bringen. Der Kellner macht die Mucke aus, und spanische Gitarrenmusik erfüllt den Raum. Du stampfst den Rhythmus, drehst die Handgelenke, fasst manchmal an den Rock, spielst mit allen vier Fingern auf den Kastagnetten, so smooth war das alles noch nie, Natálies Mama hätte das bestimmt mit einer Eins benotet. Mit feurigem Ausdruck und halb geschlossenen Augen versprühst du Charisma und Expressivität, zum Schluss gibts noch ne virtuose Drehung. Dann ist die Musik ist aus, und leicht außer Atem verharrt ihr in der Schlussposition.

Im Saal ist es vollkommen still, sogar der Kellner macht große Augen und steht wie angewurzelt hinter der Bar. Er starrt euch an, als hätte er gerade Aliens gesehen. Die Frauen auf den Sofas ziehen die Augenbrauen hoch, dann runzeln sie die Stirn und schauen fragend zur Chefin. Die schnauft, schüttet sich den restlichen Drink rein und sagt, dass ihr die zweite Nummer nicht mehr zeigen müsst, dass sie sich schon ein Bild machen konnten. Ihr verbeugt euch, so seid ihr es ja gewöhnt, und geht in die Küche zum Umziehen.

„Die haben vielleicht blöd dreingeschaut! Denen haben wirs aber gezeigt, oder?“, meint Dominika. „Ja, denen hats wohl die Sprache verschlagen“, erwiderst du. „Das nächste Mal müssen wir mitm Cunningham und in den bunten Trikots anfangen“, sagt Dominika. Die randvoll mit Präsern befüllte Glasschüssel, die da auf dem Tisch stand, hat sie wohl nicht bemerkt. Beim Rausgehen kommt ihr an ner Frau vorbei, die nur im Handtuch in der Küche steht und sich Löskaffee aufgießt. Schaut ganz so aus, als hätt sie in der Nacht ordentlich viel Arbeit gehabt.

TAGEBUCHEINTRAG

Ich hab ne Karikatur gezeichnet, da sind meine Mitschülerinnen auf so ner langen Leiter, über die sie dem Schildi in den Arsch kriechen, oder halt klettern, und jetzt sind sie alle sauer auf mich.

Opfer

Nachdem du am Kons aufgenommen worden warst, wollte deine Mutter dich auf keinen Fall gehen lassen. Tagelang, wochenlang, in langen Augustnächten, saß sie mit Papa in der Küche, nur das Licht der Dunstabzugshaube war an, und diskutierte. Papa meinte, du sollst es versuchen, du kannst ja immer wieder zurück. Mutter ist, zur Abwechslung, mal wieder darauf herumgeritten, dass du ja noch ein Kind bist, dass du doch mit zehn noch nicht allein leben kannst. Unsinn. Klar kannst du das. Musst du sogar. Hürden formen einen. Machen einen einsamen Wolf aus dir. Auf die Schärpe für den Abschlussball lässt ihr euch den Schriftzug „Was dich nicht umbringt, macht dich härter" drucken. Schließlich hat sich deine Mutter nach Unterredungen mit deiner Ballettlehrerin und mit Opa dann doch umstimmen lassen; sie wird sich das aber ihr Leben lang vorwerfen. Ihr ganzes Leben wird sie das Gefühl nicht los, dass du ihr armes kleines Kind bist, das sie mit zehn verlassen hat. Verlassen wurde aber sie selbst.

Du hast schnell gelernt, dass du kein Kind mehr sein darfst. Das ist verboten. Ein Minenfeld, das man nicht betritt. Zu wissen, dass du vollkommen auf dich allein gestellt bist, ist ähnlich schrecklich wie die komischen Fellmützen in Mamas Schrank, die dir immer vorgekommen sind wie abgehackte Köpfe, die sie da im obersten Fach versteckt. Zugleich ist das aber eine Gelegenheit, die Welt ganz allein auszutesten, ein Bewusstsein für das eigene Ich zu bekommen. Denn nur auf das kannst du dich verlassen. Du bist wie ein einsamer junger Soldat im Felde, sagt deine Mutter unter Tränen, jedes Mal, wenn du nach Hause kommst.

Jedenfalls, Mutter zu sein ist eine undankbare Rolle. Kein Spaß, immer nur Angst. Bei der Herausbildung des eigenen Ich schwörst du dir, dass du nie Mutter wirst. Du musst was beweisen. Darfst dich nicht aufopfern, so wie das Mütter tun. Wie deine Mutter. Mit dreiundzwanzig, im zehnten Semester Medizin, verliebt sie sich zum ersten Mal. Der Typ ist ziemlich beliebt, ein bisschen Frauenheld, und sie die Naivität in Person, hat noch nie wen geküsst, war noch nie betrunken (oh Gott, wie konnte so jemand in dieser Welt überhaupt überleben!). Und dann beschließt dieser Typ, dass er ins Ausland geht. Flieht. Und überredet sie, dass sie mitkommt. Aber dann emigriert er allein und Mama schmeißt die Uni. Ist total fertig. Opa King redet ein Jahr lang nix mit ihr, weil sie ihn enttäuscht hat. Mama ist die Heldin aus nem Roman von Puschkin. Mit so ganz langen Haaren, ner Vorliebe für Liebesgedichte, begeistert von der Natur, und mit ner unglaublichen Liebeskapazität. Bis aufs Blut. Es geht nur darum, sich zu opfern. Mama studiert nicht fertig. Mama ist nix. Ihr ganzes Leben macht sie zweitklassige Jobs, ihr ganzes Leben fühlt sie sich schuldig. Dass sie ihren Vater, ihre Mutter und sich selbst enttäuscht hat. Sie hat auch ne enorme Leidenskapazität. Schafft es, ganz vorbildlich zu leiden. Still, hartnäckig, demonstrativ, selbstgeißelnd, märtyrerisch. Sie nimmt die gesamte Schuld der Welt auf sich. Auch, dass sie dich nach Prag gehen hat lassen.

Du weißt, wenn man ne Ausbildung nicht fertig macht, ist es, als würd man nicht existieren. Bildung ist absolute Priorität, ohne sie musst du dich lebenslang in Sklavenrollen durchkämpfen und von so Tussis mit großer Klappe und Mittelschulabschluss herumkommandieren lassen. Und lebenslang musst du den Kopf senken und die anderen ansprechen mit „Herr Ingenieur“, „Frau Magistra“, „Herr Primar“ … und du denkst, dass sie alle Weisheit der Welt mit dem Löffel gefressen haben. Nein, du wirst nicht wie deine Mutter. Du wirst nicht Mutter. Wirst nicht Opfer. Du hast so schrecklich großen Hunger nach Bildung. Nach echter Bildung, Wissen, Denken, Kreativität. Nur weißt du noch nicht, wie du da rankommst, weil in deiner Schule bekommst du das garantiert nicht.

Mama möchte ein Steinadler sein. Du siehst die Welt dann aus einer anderen Perspektive, bist mächtig, majestätisch, ein freies Geschöpf, der König aller Vögel. Aber dann reicht ihr doch auch der Fasan. Sie bricht in Tränen aus, als ihr mal beim Spazierengehen an einem Seitenarm der Moldau im Gebüsch zwischen leerstehenden Häusern einen Fasan entdeckt. Er ist wohlgenährt, schön bunt, und stakst langsam durchs hohe Gras. Erfüllt von heiliger Hochachtung und Ehrfurcht bleibt deine Mutter stehen, hört auf zu reden und flüstert: „Um Gottes Willen, ist der schön, das ist ein Zeichen.“ Und dann fügt sie noch pathetisch hinzu: „Schade um dich, Fasan. Du hältst es nicht lange aus.“ Warum soll er es denn um Gottes Willen nicht aushalten? Was soll ihm denn passieren? Du ziehst ein Gesicht. „Bald zerfleischen dich die Hunde, die hier frei herumlaufen, oder die Obdachlosen töten und grillen dich.“ „Aber der fliegt doch vorher weg, oder?“, fragst du und verdrehst die Augen. Dir ist das peinlich. „Nein, ein Fasan kann nicht gut fliegen. Wie Hühner. Auch wenn er mit den Flügeln flattert, wie er nur kann, kommt er nicht sehr hoch, er fliegt von einer Stelle zur anderen, aber er hält sich nie lang in der Luft."

Deine Mutter macht dich ganz verrückt. Du hältst diese Sentimentalität echt nicht aus, dir hängt das so zum Hals raus, dass du dir verkneifen musst, sie anzuschnauzen, und was zu sagen, das sie dann ihr ganzes Leben nie vergessen wird. Dir ist völlig klar, dass sie wieder von sich selbst spricht. Sie kann machen, was sie will, sie wird nie ein Adler, maximal dieser Fasan. Hauptsache kein Opfer werden. Alles andere lässt sich ertragen. Du musst es dir aber mit dir selbst aushandeln, oder, wie dir dein Padre Jan später sagt, es mit künstlerischer Sublimierung verarbeiten. Und als du den Begriff Sublimierung in einem Psychologielexikon findest, entscheidest du dich für sie.

Millenium

Das Millenium. Ende eines Jahrtausends. Das Ende der Welt rückt näher. Wirklich. Also zumindest hat Nostradamus das so vorhergesagt. Beim Billard spielen im Café Louvre spinnst du mit den anderen Mädchen Theorien darüber, dass das nicht wahr sein kann. Das Ende der Welt, echt? Wenn die Welt es überlebt, muss sich etwas Grundlegendes ändern. Die Menschen? Die Kontinente? Das Denken? Man schreibt nicht mehr drei Neuner, sondern drei Nullen. Etwas muss bedingungslos krachen. Drei Nullpunkte. Drei Neuanfänge. Bei null anfangen. Das passiert. Du weißt es noch nicht, aber bei null anfangen werden dein Bruder, Aneta und du. Jemand wird neu geboren. Und jemand findet sich neu.

Die eigene Wohnung

Du wachst auf in einer Wohnung, die nur scheinbar deine ist, wachst auf in einem scheinbar neuen Leben des neuen Jahrtausends. Zum ersten Mal, und vorübergehend, hast du ein eigenes Zimmer, zum letzten Mal hattest du das mit vier. Seitdem bewegte sich die Anzahl deiner Mitbewohnerinnen zwischen zwei und fünf. Wer dazugehören will, muss mit den Wölfen heulen. Jetzt musst du nicht mehr. Jetzt schuftest du an den Wochenenden, die Daňková bereitet dich auf den Wettbewerb vor. Du passt gut auf, isst so wenig wie möglich, gibst dem Hunger nicht nach, siehst erstklassig aus, gut genug für die Variation aus Paquita und die Fliederfee aus Dornröschen, eine Rolle für Großgewachsene.

Dein Plastikwecker hat schon geläutet, aber dir fällt das Aufwachen schwer, schon ein paarmal ist dir passiert, dass du verschlafen hast und die Unterschrift der Eltern auf der Entschuldigung fälschen musstest. Die Professoren sind alle solche Hornochsen, denen kommt es gar nicht komisch vor, dass deine Mama, die gar nicht in Prag wohnt, das Zuspätkommen sofort entschuldigt! Aber jetzt hebst du gleich nach dem ersten Anzeichen, dass du bei Bewusstsein bist, die Beine im rechten Winkel, legst dich quer ins geliehene Bett – die aufblasbare Matratze von deinem Opa hat sich letztes Mal von selbst ausgeblasen – und platzierst die Beine an der Wand. Du wartest, dass

Blut in dein Hirn fließt, die Füße zu kribbeln beginnen, sie dich also nicht mehr schlafen lassen, du diese schreckliche Müdigkeit einfach überwindest, du es wieder, wie jeden anderen Morgen, schaffst, und um sechs Uhr früh zu dir kommst.

Gestern bist du bei abendlichen Probe der Polowetzer Tänze schon im Stehen an der Stange eingeschlafen, später dann auch in der U-Bahn und erst jetzt fällt dir auf, dass du dich nicht mal umgezogen und die Augen auch nicht abgeschminkt hast, und durch die verklebten, verwischten Wimpern siehst du alles ganz verschwommen. Wenn du einfach nicht da sein könntest! Du wünschst dir, dem Verlangen deines Körpers nachzugeben, zurück in den Traum über den komischen Vogel zu sinken, mit dem du auf dem Dach eines Plattenbaus in Bohnice um die Wette gegen eine Blechtür geschlagen hast, die zu jemandem führte, den du nicht kennst. Du kennst dich selbst nicht, bist schwer, als würdest du hundert Kilo wiegen, als wärst du aus Eis, eine gefrorene Seele, ein täglicher Krampf, kalte Hände, aufrichtiges Herz, permanenter Schmerz überall, in Muskeln und Gelenken, in bis aufs Blut aufgeschürften Zehen und kaputten Nägeln, und dann auch in den Nieren, bald bekommst du da ne Kolik, in kribbelnden Achillessehnen mit regelmäßig wiederkehrenden Entzündungen. Du schindest dich brutalst ab, um etwas zu beweisen. Du bist achtzehn, und was geschieht dann? Was um Gottes Willen wird aus dir?

Wieder diese Angst, das Nichts, die leere Wohnung, da ist nur Opas Teppich, das halb zerlegte Bad, du wohnst hier auch nur auf Probe, sie soll bald renoviert werden, kaputte Kacheln und ein Herd mit zwei Kochplatten, ein alter Schrank von der Vermieterin, ein Esstisch im engen Gang, auf nacktem Beton, nen richtigen Belag bekommen erst seriöse Mieter. Ansonsten ist alles leer, dabei hast du dich so gefreut, dass du zum ersten Mal allein leben wirst, erstmals das Gefühl haben wirst, dass du in ner richtigen Wohnung wohnst und nicht im Internat oder das Anhängsel bei fremden Familien bist, aber jetzt verschluckt dich diese Leere hier, jetzt ächzt diese Leere. Du bist krank, geschwächt, devastiert, mit achtzehn schon eine Greisin, schwer, vor lauter Schmerz unfähig, aus dem Bett zu steigen.

Vorgebeugt sitzt du auf dem Bett und massierst deine dir fremden Füße – die eigenen könnten nie so weh tun –, und in dieser Stille knurrt plötzlich dein Magen, so laut, dass du dich schreckst. Du überredest dich, zwingst dich, bittest dich, dass du aus dem Bett aufstehst, in die Küche gehst, die morgendliche Dosis Kollagen trinkst, einige Tabletten gegen Arthrose schluckst, eine Vitamin-C-Brausetablette in nem Becher versenkst und Instant-Porridge aufgießt, dein einziges Essen für den ganzen Tag, aber du unterliegst, kannst einfach nicht aufstehen, obwohl du schon sitzt, vorgebeugt, mit einem Buckel wie Quasimodo, das Gesicht in den Händen vergraben, du atmest schwer, dein Atem wird langsamer, tiefer, für ein Weilchen schläfst du in dieser Vorbeuge, bis der zweite Wecker um halb sieben dich wieder daran erinnert, dass du dir diesen Luxus nicht erlauben kannst, dass du hart zu dir selbst sein musst, also noch härter, als du es bist, dass du aufstehen musst, dich zusammenreißen musst, kein fauler Sack sein darfst. Du musst dich wieder schminken, den vorgeschriebenen Dutt machen, die Strümpfe anziehen, etwas beweisen, jemand sein.

Schwulenbar

„Wenn dir kalt ist und du traurig bist, gehst am besten in ne Schwulenbar pennen. Zum Beispiel in die Stela in Vinohrady. Macht gar nix, wenn du n Mädchen bist, oder ob du Homo bist oder nicht, das schert niemanden“, rät dir Obal.

Das weibliche Geschlecht

Dein Bruder hat dich geben, in der weiblichen Form über ihn zu sprechen. Er hat sich sogar den Namen auf eine neutrale Form ändern lassen. Sowas wie Péťa Janů. Also ist dem Namen nach nicht eindeutig, ob das für ein Mädchen oder einen Jungen steht. Dir wird klar, dass das alles erst gemeint ist. Aber es geht nicht in deinen Kopf rein. Du findest, das geht schon zu weit. Das ist ganz bestimmt deine Schuld. Du hättest ihm deine Mädchenklamotten nicht leihen dürfen. Das gibts doch nicht! Da hast du endlich eine vertraute Seele gefunden, ein Geheimnis ausgeforscht, dein geheimer Berater aus dem orangen Zimmer steht hinter dir, fast hat es ausgeschaut, als müsstest du nie wieder leiden, als würde alles auf einmal Sinn haben. Und jetzt das! Das ergibt doch gar keinen Sinn! Dass dein Bruder noch durchgeknallter ist, als du erwartet hättest, ist ja okay. Aber das geht zu weit. Echt jetzt. Das ist zu viel. Das ist ganz bestimmt deine Schuld! Wie kannst du das rückgängig machen? Wie ihm sagen, dass dieses Spiel aufhören muss?

TAGEBUCHEINTRAG

Ich versteh echt nicht, wie wir ne Abschlussarbeit schreiben sollen, wenn wir nicht mal auf ner Schreibmaschine tippen können. Niemand, geschweige denn auf einem Computer. Papa hat zum Glück nen Computer, ich hab versucht, dass ich da meine Notizen abtippe, und hab mich jedes Mal drin verloren, für ne einzige Seite hab ich den ganzen Nachmittag gebraucht. Ich glaub, ich schick ihm das und er solls für mich abtippen.

Es ist aus mit dem Wettbewerb

Verdammte Scheiße! Alles ist im Arsch! Alles hin! In der Nacht hast du die Rettung gerufen. Du hattest eine Nierenkolik. In deinem kalten Zimmer ohne Vorhänge haben sie dir ne fette Spritze in den Rücken gejagt, es tat höllisch weh, aber viel weniger als der Krampf, den du in den Nieren hattest, und die Verzweiflung darüber, wies jetzt mit dem Wettbewerb weitergeht. Und dann noch diese Entzündung an den Achillessehnen, die knarren wie ein altes Holzkarussell. Trotzdem stehst du am nächsten Morgen auf und schleppst dich zur ersten Runde.

Ein halbes Jahr lang hast du tagtäglich die dreiminütige Variation der Fliederfee geübt. Jetzt kommst du nicht mal in die Spitzenschuhe rein. Deine Zehen sind wulstig und voller ekliger Warzen, die Nägel eingewachsen, überall hast du blutunterlaufene Blasen und die Achillessehnen sind total geschwollen. Du sitzt auf dem Boden, gibst Babypuder auf die Zehen, wickelst sie in Klopapier ein, ziehst die Spitzenschuhe an und klopfst mit der Spitze gegen den Boden, als würdest du Nägel einschlagen, nur damit du dich trotz allem irgendwie reinquetschst. Dann noch die Ferse nass machen, damit die Spitzenschuhe an den Füßen halten, die Sohlen reiben, damit sie nicht rutschig sind, den Gummi um den Spann festziehen, und da wirst du auch schon gerufen.

Ein großer, leerer Saal, ein langer Tisch, eine Kommission aus sieben Leuten und ein Kameramann. Du kommst, sie lesen deinen Namen und deine Disziplin vor: Fliederfee. Du bist ne Fee, zumindest solltest du eine sein. Statt Schweben und immateriellem Levitieren stirbst du an ziemlich geistlosem, plattem Schmerz, kannst kaum stehen, weil du nach der schlaflosen Nacht total erledigt bist, seit der Injektion spürst du die eine Hälfte deines Rückens gar nicht mehr, und das Einzige, was du zu identifizieren fähig bist, sind eine unermessliche Schwere und Müdigkeit. Wenn du Dornröschen in dem Moment tanzen könntest, in dem sie einschläft, hättest du vielleicht noch eine Chance. Aber so kannst du alles vergessen, du wirst nicht weiterkommen. Das Gefühl des totalen Versagens.

Erinnerst du dich, wie du einmal beim Partnertanz zum Žďuchanec gesagt hast, dass du nicht in Form bist, und er hat dich rausgeworfen? Schon dass dus überhaupt gewagt hast, was zu sagen, war bedenklich. Und dann die Wortwahl. In Form sein. „Was bist du nicht?", kreischte er. „Ich hör wohl nicht richtig." Also hast dus wiederholt. Vor dem Saal hast du dann noch ne halbe Stunde lang lachen müssen, weil dir das echt gelungen ist. Und du hast nicht geschwänzt und bist auch nicht hinters Rudolfinum eine rauchen, sondern hast in diesem Vorraum alle Variationen wiederholt, die deine Mitschüler hinter der Türe tanzten. Nur hattest du dabei nen unsichtbaren Partner. Ja, den, der dich immer auffängt, immer hält, sich immer für dich einsetzt, der nie zulässt, dass dich jemand vor seinen Karren spannt. Du hältst viel aus. Aber heute bist du wirklich nicht in Form. Sie werden dich nicht weiterkommen lassen. Du hattest ne Chance und hast sie dir vertan. Es ist dein Fehler. Du bekommst keine zweite.

Anziehspiele

Es ist wie aus so nem dummen Lehrbuch. Als er klein war, hat er gern Mamas Sachen anprobiert. Heimlich natürlich. Er hatte seine kleinen Geheimnisse. Immer haben ihm Mädchen gefallen. Immer haben sie ihn angeflirtet, nicht er sie. Und er hat sich anflirten lassen. Es hat ihnen wohl gefallen, dass er so ein sanfter, lieber und ruhiger Typ ist. Dann hat er sie aber immer gebeten, ob sie nicht so tun könnten, als wär er ein Mädchen. Manche fanden das okay, vorübergehend, andere brachte das total aus dem Konzept. Und dann hat er sich seinen geheimen Traum allein erfüllt. Er ist aus der Stadt rausgefahren, hat sich davor das Gesicht komplett rasiert, Frauenkleider angezogen, sich leicht geschminkt, weil er auffällige Sachen nicht mag – er bevorzugt ein sanftes, natürliches Aussehen –, und ist dann da herumgegangen, hat die Natur beobachtet oder Pilze fotografiert und sich dabei gut gefühlt. Also normal, richtig, dass es so und nicht anders sein soll.

Dann hat er sich wieder umgezogen und ist zurück, und in der Schule war er wieder ein Junge. Na und jetzt trägt er so neutrale Sachen, bei denen nicht klar ist, ob die für Mädchen oder Jungs bestimmt sind. Eigentlich kann man nicht genau sagen, ob er ein Mädchen oder ein Junge ist. Und er hat die Leute in seiner Arbeit gebeten, dass sie ihn mit dem neuen, neutralen Namen ansprechen. Die meisten haben das ganz gut geschafft. Und die anderen haben halt gar nix gesagt.

Piko aufgeflogen

Aneta schreibt, dass es aufgeflogen ist, und ihre Eltern wollen, dass sie auszieht oder nen Entzug macht. Deshalb war sie bei der Suchtberatung. Aneta wollte halt einfach alles überwinden, diesen argen Druck in der Schule, dass es mit dem Tanzen nicht hingehauen hat, dass das Leben keinen Sinn mehr hat. Sie hat dir ja mal gesagt, wenn es mit dem Tanzen aus ist, dann geht für sie die Welt unter. Und fast war das so.

Brudi will die Regel haben

Dein Bruder sagt, dass er es schade findet, dass er keine Regel haben kann. Dass das so n Ritual echter Weiblichkeit ist, und dass er das erleben möchte.

TAGEBUCHEINTRAG

Ich hab die furchtbare Angewohnheit, zu glauben, dass ich der schlechteste Mensch auf Erden bin, die Dickste, Unfähigste und Dümmste. Ich weiß echt nicht, wie ich mir das abgewöhnen kann. Aber ich hab das mit den anderen Mädchen aus der Klasse besprochen, und die denken alle genauso. Wenn wir also alle die Schlechtesten sind, dann reicht es, wenn ich mir nur fürchterlich vorkomme, in dem Fall bin ich am besten dran.

Der Tod von Anetas Liebe

Anetas Freund hat sich erhängt. Einen Monat nachdem sie sich getrennt haben. Er war die Liebe ihres Lebens. Vier Tage davor, an ihrem 18. Geburtstag, wollte er sie besuchen und mit ihr reden. Sie hat ihm nur über die Türsprechanlage gesagt, dass sie keine Zeit hat, dass sie im Unterschied zu ihm für die Matura lernt, und dass, wenn er kein Piko nehmen würde, sie gemeinsam maturieren könnten. Sieben Tage später hat man ihn an einem Baum hinter dem Bahnhof gefunden. Er war schon drei Tage dort gehangen, niemand hatte ihn gesucht. Und während er da so hing, wurde ihm alles gestohlen, Rucksack, Geldbörse, Jacke, sogar die Schuhe hat sich jemand genommen. Abschiedsbrief hat man keinen gefunden. Aneta war total fertig. Und dann hat ihr ne Kumpelin gesagt, dass das alles ihre Schuld ist, dass er sich nur ihretwegen aufgehängt hat. Von dem Moment an konnte Aneta wieder ein glückliches Leben führen.

Dem Bruder wachsen Brüste

Deinem Bruder wachsen jetzt Brüste. Sie sind schon fast so groß wie bei dir. Irgendwie findest du das ekelhaft, irgendwie verstehst dus aber. Er hat dich nach nem passenden BH gefragt. Wie sollst du das um Gottes Willen wissen? Du hast nie einen getragen. Da müsste es einen in der Größe fünf plus geben. Also ab fünf Jahren. Außerdem interessiert sich dein Bruder für Körperbehaarung. Also wie man sie los wird, weil das so eklig ist. Dir wurde das ja schon mit zehn gesagt, Körperbehaarung ist gleich Schmutz. Aber nicht bei den Jungs. Ach ja. Es ist furchtbar. Abwechselnd überkommen dich Gefühle von Resignation, Schwindel, Verzweiflung, Wut, und schließlich doch Akzeptanz. Vermutlich änderst du nix mehr dran.

Körper

Du bist ein Körper, nix anderes. Ein erstklassig abgerichteter, erstklassig aussehender, erstklassig dressierter Körper. Alles dreht sich um ihn. Die richtigen Proportionen, richtigen Leistungen, das richtige Aussehen, die richtigen Funktionen. Was sich drinnen abspielt, interessiert niemanden. Immer wurde euch gesagt: „Du musst das verkaufen, diese Geste, diese Bewegung." Du musst dich verkaufen.

Der Körper ist ein Scheck, hat Tauschwert, quid pro quo. Nicht mehr. Du gibst deinen Körper jedem, der Interesse zeigt. Das, was drinnen ist, hütest du wie den allergrößten Schatz. Mit dem Körper wird gehandelt. Sex hat keinen Wert. Wahre Liebe ist nicht körperlich. Nähe spüren, Aufrichtigkeit. So sehr sehnst du dich danach. Dass sich jemand wirklich für dich interessiert. Für das, was du fühlst, worüber du nachdenkst. Dass sich jemand mit dir unterhält, ohne dass er dich dabei anmachen oder formen will. Ganz einfach so. Auf Augenhöhe. Du hast auch Vernunft, Meinungen, denkst nach. Möchtest was schaffen, was sagen. Eine Stimme haben. Nicht nur zur Verzierung da sein. Kreativ sein. Du zweifelst. Manchmal kriegst du ne richtige Wut. Die anderen Mädchen sagen: „Ich kann nix, nur tanzen."

Du willst nicht dumm und schön sein. Lieber wärst du hässlich wie die Nacht, nur damit man dir zuhört, und dich nicht nur anstarrt. Was jetzt? Du kannst dich an einem Regionaltheater bewerben, weil du keine andere Sprache als schlechtes Ballettfranzösisch beherrschst, zehn, maximal fünfzehn Jahre wirst du immer wieder das gleiche Repertoire durchziehen, wie an der Schule, und wenn du sehr viel Glück hast, wirst du Solistin, verdienst 20.000 brutto, und wenn nicht, stehst du für 12.000 in der dritten Reihe, mit gleich aussehenden, sich gleich bewegenden, gleich denkenden Körpern, und man wird dich anbrüllen, egal ob du das eine oder das andere bist. Mit dreißig wirst du zu alt sein, und die sitzenden Rollen der Hofleute übernehmen, jedes Ballett braucht Staffage auf der Bühne für diese Masse und diese Größe, es braucht diese Gesellschaft, die in großen, teuren Kostümen die Bühne füllt, wenn sich die Kulissen ändern. Vor den Kulissen, hinter den Kulissen darf niemand stehen, oder … du wirst nicht auftreten.

Du möchtest nicht auftreten. Keine Kulisse sein. Oder du schlägst einen anderen Weg ein, wählst einen anderen Theaterberuf, wirst Maskenbildnerin, nähst Kostüme oder verkaufst Eintrittskarten, du liebst das Theater doch. Oder du gehst unterrichten. Die Ballettlehrerin an deiner Kunstgrundschule war ja auch eine richtige Ballerina. Eine berühmte. Sogar in Budweis hat sie getanzt. Vor ungefähr dreißig Jahren. Oder bist schlau und lachst dir so nen Mafiosi an, solange du noch jung und schön bist. Zwar wird dich der ab und zu verdreschen, aber das macht nix, du bist ja nur ein Körper, und Schmerz bist du gewöhnt. Acht Jahre an der Ballettschule haben dich abgehärtet. Hauptsache, dass sich jemand um dich kümmert, weil in dieser anderen Welt – der Nicht-

Theater- und Nicht-Kunst-Welt – kannst du nicht allein leben. Da gibts jede Menge Fallen, praktische Aufgaben, Rechnungen, Ämter, Geld verdienen, das wirst du nie schaffen. Du bist eine Bohemienne, eine Künstlerin. Basta. Mehr nicht. Du bist nix. Nur unfähig zu leben. Was um Gottes Willen soll aus dir werden?

So gewaltig fürchtest du dich. Die Zukunft ist wohl noch schlimmer als die Gegenwart, sie ist ein regelrechter Horror. Und dabei hast du so großen Hunger nach Leben.

TAGEBUCHEINTRAG

Káča Nummer eins, die immer alles ausgehalten hat, kommt nicht mehr in die Schule. Sie hat aufgehört zu reden. Komplett. Hat nur mehr geröchelt wie ein Drache, dem jemand das Feuer genommen hat, und nur noch Rauch war übrig. Die Ärzte haben ihr gesagt, dass sie mindestens drei Monate zuhause bleiben muss. Richtig arg! Und dabei hat sie echt alles gegeben, nur um die Schule fertigzumachen. War noch aufm Abschlussball, in nem rosa Kleid, wie so ne glitschige Meerjungfrau hat sie ausgeschaut. Wahrscheinlich muss sie zum Psychologen! Das darf ich aber niemandem erzählen.

Krankenhaus

Dein Bruder liegt im Krankenhaus. Du weißt nicht, was passiert ist. Er hat dir nix geschrieben, auch nicht angerufen. Du hast echt Angst. Aber jetzt ist er hoffentlich in Sicherheit.

Nichts

Du hast Angst. Ständig. Und fühlst dich beklommen. Total leer. Wer zum Teufel bist du? Du bist komplett ausgezehrt. Heute hast du, nach langer Zeit, für ein paar Sekunden Freude gespürt, als du im Postkasten nen Brief und darin ne Theaterkarte für Drei Schwestern gefunden hast. Du weißt nicht, von wem, hast aber ne Vermutung. Dann war das Gefühl aber wieder weg und du bist noch tiefer gefallen. Dein ganzer Körper kribbelt, vor Beklommenheit, du hast so ein säuerliches Gefühl im Mund, und fühlst dich, als hätte jemand alle deine Sehnen gespannt und als wimmelten gleichzeitig tausend Ameisen unter deiner Haut. Du würdest sie am liebsten aufkratzen, bis aufs Blut, wenn du die Ameisen so loswerden könntest. Angst lässt sich wegtrinken. Daran arbeitet ihr regelmäßig. Aber Beklommenheit nicht. Du würdest dir am liebsten die Haut abziehen, wenn das ginge. Du hasst deinen Körper, das, was du kannst, oder eher was du nicht kannst. Du kannst nichts. Kennst nichts. Das bringt dich um. Wer zum Teufel bist du? Was erwartet dich im Leben? Du bist feige. Hast keine Kraft mehr zum Kämpfen.

Heute kam dir zum ersten Mal der Gedanke, dass zu alles hinschmeißen könntest, dass du die Schule abbrichst. Dass du dich irgendwo im Wald in einer verlassenen Hütte einsperrst und dort deine ganze Vergangenheit ausspeist. Lässt sich die überhaupt vergessen? Kannst du überhaupt jemand anders werden? Es tut höllisch weh. Alle Spitzenschuhe und Ballett-Trikots verbrennen, die rosa Strümpfe zerreißen, den Kopf rasieren und dick werden. Eklig sein. Káča sagt immer, wenn sie ein halbes Kilo zunimmt, dass sie total eklig und dick ist, und dass sie kotzen könnte, dass sie nicht in den Spiegel schauen kann, ohne dass sie das ganz eklig findet und ihr sogar richtig schlecht wird, und sie auch extrem wütend wird, sodass sie sich am liebsten umbringen würde. Selbsthass, das ist es, was euch alle verbindet. Weil ihr nichts seid. Acht Jahre lang hat man euch gesagt: „Du bist unfähig, faul, aus dir wird nix, du bist ne totale Null!" Am besten alle Spiegel zerbrechen, damit man sich nie wieder sieht.

Du bist schlecht. Und wirst ekelhaft sein. Du wirst dich einpacken in Tonnen von Klamotten, wie n Penner, damit du deinen Körper nie mehr im Leben zu Gesicht bekommst, und dir wird egal sein, dass du in deiner eigenen Alk-Kotze rumliegst, bist alles heraußen ist. Du musst dich total kaputtmachen! Du bist nix. Musst das vernichten, was dich zu der gemacht hat, die du jetzt bist. Deine Identität auslöschen. Es gibt dich nicht mehr. Nix mehr übrig von dir. Du hast enttäuscht. Alle hast du enttäuscht. Die Eltern, die Professoren, und am meisten dich selbst. Du hast es nicht geschafft. Du bist nichts! Nichts! Nichts! Nichts! Nichts! Nichts! Nichts! Nichts! Nichts! Nichts! Nichts! Nichts! Nichts! … Auf einmal spürst du, dass etwas abfließt. Ein winziges Rinnsal. Ganz langsam. Wie zur Erleichterung.

TAGEBUCHEINTRAG

Neue Erkenntnis: Der Junge aus Bibliothek schielt auf einem Auge – eine Bestätigung seiner Genialität! Vermutlich zum ersten Mal im Leben ist jemand nett zu mir???? Das ist echt verdächtig. Er unterrichtet mich im Savoir-vivre und nennt mich junge Dame, bringt mir Essen und weist mich drauf hin, wenn Verzugsgebühren für meine Bücher anfallen. Die fallen ständig an.

Zukunft

Wer Drogen, Alkohol, Selbstmordgedanken und das Gefühl des totalen Versagens überlebt, macht Gelegenheitsjobs bei Firmenfeiern, auf denen mit Pfauenfedern, Can-Can-Rock, Netzstrumpfhosen und Boa getanzt und herumgehopst wird, bei denen der immer noch gut aussehende Körper gezeigt wird, die einzige Devise, die einem noch Wert gibt, fallweise endet man auch auf der Rotlichtmeile Ve Smečkách, auf halbnackten Fotos für Plakate an Telefonzellen, mit denen Touristen angelockt werden durch „echte tschechische Mädchen“, in Herrensaunas oder anderen VIP-Nachtclubs mit Sonderleistungen.

Ja, die Matzenauerová, die Französischlehrerin, hatte recht. Die mit der größten Selbstachtung kommen an den Zeitungskiosk, wie Jana, hocken am Schalter in der Bank, wie Káča Nummer zwei, werden Saunaeigentümerin, aber von echten Saunas, nicht von so Herrensaunas, wie Lenka Nummer drei, oder Krankenschwester, weil da hast du supereinfach Zugang zu Nadeln. Die, die keinen oder nur einen kleineren Schaden davontragen, die keine so starke Diagnose haben, werden einen Laden mit Ballettbedarf aufmachen, und die mit extrem starkem Schaden werden Kinder unterrichten, an denen sie alles kompensieren, wenn auch echt ungern. Jemand wird sogar ein Jurastudium abschließen. Aber niemand hat sich das am Anfang erträumt. Künstlerin. Tänzerin. Elite. Nur mehr Verwandte und der engste Freundeskreis werden euch manchmal an eure „sehr interessante Vergangenheit" erinnern, die euch bleibt, wie ne schlechte Tätowierung, die sich einfach nicht entfernen lässt, weder durch die von der Krankenversicherung gedeckte Reha oder Psychotherapiestunden, noch durch Selbsterkenntnis-Kurse und Esoterik-Workshops wie *Die Vergangenheit herausschreien*, oder durch Tiefenentspannung und Meditation, Dunkelretreats, vielmalige Elternschaft oder durch ne richtige Karriere als Balletttänzerin, die selbstverständlich kurz ist, weil dann genau das ansteht, was die anderen gleich nach der Schule erlebt haben, nur mit mehrjähriger Verspätung, wenn sich dann etwas Neues, das Sinn haben würde, nicht mehr so leicht finden lässt.

Acht Jahre tagtägliche Plackerei machten dich zu nem unifizierten Produkt. Du siehst nur mehr in eine Richtung, nach oben in den Ballethimmel. Und obwohl du acht Jahre lang immer die Beine gehoben hast, wenn der Zug über eine Brücke gefahren ist, und dir dabei gewünscht hast, die beste Ballerina der Welt zu werden – ein alter Ballett-Aberglaube, funktioniert aber echt gut –, hast du wohl doch irgendwann mal, ohne es zu merken, eine Brücke übersehen.

Brudi und die OP

Nach dem Coming-out, einer Vielzahl an Sitzungen beim Psychologen, unzähligen Tests, der Begutachtung durch eine ärztliche Kommission und einer Hormontherapie wurde die OP bewilligt. Angeblich funktioniert das so, als würde man eine Socke umdrehen. Aus dem Penis wird ne Vagina gemacht. Eine richtige Vagina. Brudi liegt ein paar Wochen im Krankenhaus, ganz allein. Es tut höllisch weh. Niemand kommt zu Besuch. Auch du nicht, weil du von der OP erst kurz vor der Entlassung aus dem Krankenhaus erfährst. Danach kann Brudi zwei Monate lang nicht richtig sitzen. Sitzt immer auf einem Oberschenkel. Doch ist er, also sie, sehr glücklich. Wobei du nie sicher sein kannst. Sie sagt ja nie, was sie wirklich fühlt.

Brudi hat ne Freundin

Brudi hat ne Freundin, die tut so als wär er ein Mädchen, kein Junge. Es schaut so aus, als würden die zwei sich richtig lieben. Als hätten sich zwei gefunden. Brudi ist echt glücklich. Und da weißt du noch gar nicht, dass die beiden ein paar Jahre später ein Baby bekommen werden. Noch bevor sich Brudi ausweiden hat lassen und alle männlichen Organe entfernt wurden, ließ sie sich Sperma einfrieren. Und das macht sich später bewährt. Ihre Freundin lässt sich damit befruchten. Und natürlich bekommen sie ein Mädchen. Zwei Frauen werden zu biologischen Eltern. Ein Wunder.

Natálies Outro

Natálie hat immer noch schwarz geschminkte Augen, nur das weiße Make-up trägt sie inzwischen nicht mehr. Ihre Emo-Phase ist längst vorbei. Ihrer Mama, die vor kurzem ganz unerwartet gestorben ist, wird sie immer ähnlicher. Angeblich konnte die Mama es nicht ausstehen, wenn jemand sie bemitleidet hat, weil sie sterben musste. Sie hat gesagt, was heult ihr, was ist euer Problem mit dem Sterben, ich find das in Ordnung. Für Natálie war das letzte Schuljahr richtig anstrengend. Sie hatte Angst, dass sie bei der Matura durchfällt, und hat das Jahr komplett durchgekifft.

Du hattest andere Sorgen. Du wusstest, dass du die Matura mit links machst. Du hattest viel mehr Angst vor dem, was nach der Schule aus dir werden würde. Und die ließ sich nicht einfach wegkiffen. Drogen haben dir nie gut getan. Du wolltest die Kontrolle nicht verlieren. Die Träume im Zaum halten. Die Mateznauerová hat den anderen im Französischunterricht angeblich damit gedroht, dass sie mal Nutten werden, oder Kloputzfrauen, weil nur ein kleiner Bruchteil von euch wird tanzen. Eigentlich hatte sie recht. Ivana aus deiner Klasse, die zuerst durchfiel und dann von der Schule flog, war ne Zeit lang voll auf Piko und ist am Hauptbahnhof anschaffen gegangen.

Natálie gehörte zu diesem kleinen Bruchteil. Sie hat maturiert und sich dann wos nur ging beworben. Fürs

Nationaltheater hats nicht gereicht, und obwohl sie nicht weg wollte aus Prag, ist sie dann an ein auswärtiges Theater. Die Leute dort waren richtig cool, es gab gute Partys, aber sonst wars die Hölle. Wegen dem künstlerischen Leiter. Ein selbstverliebter Idiot. Was Natálie in der Schule erspart geblieben war – wahrscheinlich, weil ihre Mama dort unterrichtete –, hat sie später am Theater erlebt. Extremes Mobbing und permanente Erniedrigung. Auch wegen ihrer Figur, mit der sie zuvor nie Probleme hatte. Sie wurde Halbsolistin, bekam die Rolle einer spanischen Tänzerin im Don Quijote. Zum ersten Mal im Leben war sie so nervös, dass sies fast nicht auf die Bühne geschafft hat.

Total weggetreten hat sie ihren Auftritt dann doch absolviert. Und der Chef hat hinter den Kulissen schon auf sie gewartet und sie gefragt, ob sie ne Spitzhacke dabei habe. Sie begriff nicht, was er meinte. Damit sie sich einen Tunnel graben könne, durch den sie dann heim geht. Am nächsten Tag hat sie gekündigt. Und wurde von ihm angebrüllt, dass sie nicht gehen könne, dass sie kein Recht dazu habe. Aber sie war noch in der Probezeit, also hat sie ihre Sachen gepackt und war weg. Dann hat der Harapes sie angerufen, dass im Nationaltheater was frei geworden ist. Sie war Freelancerin und hatte so n Weihnachts-Engagement, tausendmal am Stück den Nussknacker spielen. Aber man hat auf sie gewartet.

Im Nationaltheater wars dann noch viel schlimmer. Da herrschte eine brutal feindliche Stimmung und alle beneideten einander wegen jeder noch so winzigen Kleinigkeit. Jemand wartet jahrelang auf eine Chance, und dann kommt jemand Neues und bekommt nen winzigen Auftritt außerhalb des Corps, und schon ist Feuer am Dach. Ihre persönlichen Sachen legte Natálie lieber am Fensterbrett in der Ecke der Garderobe ab, sie wollte kein Schließfach neben den Leuten, die sie wegen nem Mikrosolo in Schwanensee mit Blicken töten. Anderthalb Jahre hat sies dort ausgehalten, dann kam ein neuer künstlerischer Leiter und sie war froh, dass der sie nicht übernommen hat. Natálie sagt, dass sie nie Ambitionen hatte, als Solistin Karriere zu machen. Das verstehst du nicht. Darum gehts doch im Leben! Natálie hat sich im Opernballett gefunden. Da steht sie halt im Hintergrund, quasi als Statistin, aber ohne das wär die Oper voll langweilig. „Wir sind nur ein Rädchen in der ganzen Bühnenmaschinerie, da geht es echt nicht um individuelle Leistung. Und ich stehe wahnsinnig gern auf der Bühne, aber nicht, damit ich angeben kann, sondern wegen dem Geruch da, und wegen der Musik. Zum Beispiel bei Jenůfa, das ist ein wunderbares Erlebnis, wenn ich da hinten stehen kann."

Ja, der Theatergeruch, das habt ihr beide gemeinsam. Auch du liebst ihn, mehr als sonst was, du würdest es aber niemals aushalten, nur in einer Reihe im Hintergrund zu stehen. Eigentlich würdest du das gern können, weil dann wär alles einfacher. Aber du möchtest auf dem Proszenium stehen. Vorn. Allein gegen das Schicksal. Das ist dein intimer Liebeskampf zwischen dir und dem Zuschauer. Genauso wie mit den Männern. Es muss ein Kampf sein, es muss um was gehen. Nie wolltest du ein einfaches Leben haben. Zufriedenheit bedeutete für dich immer den Tod. Vielleicht wurdest du darauf trainiert, im Leiden einen Weg zu sehen. Wie ein Zirkushündchen, das mit einem Bein auf nem Ball steht und herumhüpft.

Natálie redet auch über ihren Weg. Aber anders. Sie sagt: „Der Weg ist das Ziel. Ich nehme, was kommt, und was nicht kommt, danach such ich auch nicht." Du bist immer auf der Suche. Das Ziel verwandelt und verschiebt sich immerzu. Nie ist es erreichbar. Aber immer sehnst du dich danach. Es ist eine permanente Unzufriedenheit, die dich weiter antreibt. Du würdest gern Natálie sein, zumindest ab und zu. Keine Ambitionen haben. Aus ihrem Jahrgang tanzen drei Leute. Aus deinem gar niemand mehr. Und du? Bei dir ist das eher ein Vegetieren auf der Bühne, bei dem du alte Wunden enthüllst. Die Narben sind ziemlich tief. Du wirst das ganze Leben daraus schöpfen.

Pastor Jan

Du suchst nen Geistlichen. Willst unbedingt beichten. Alles erzählen. Dir erlauben, schwach zu sein, und nicht stark. Herausfinden, warum du dich ständig geißelst, warum du dich zu Höchstleistungen mit den höchstmöglichen Erwartungen zwingst. Und warum du immer bis zum Umfallen weitermachst, auch im Moment der totalen Erschöpfung immer wieder aufstehst, und dich zwingst, weiterzumachen im Kampf gegen dich selbst, gegen deine eigene Unzulänglichkeit, Unvollkommenheit, und warum du so vorbildlich hart zu dir selbst bist, härter als sonst jemand. Das lebenslange Gefühl der Minderwertigkeit ist es übrigens, was eure Schwesternschaft wieder zusammenbringt, die vernarbte Vergangenheit, voll mit inzwischen närrischen Figuren, gescheiterten Autoritätspersonen, Alkoholiker-Truppen, die euch geprägt haben. Niemand von euch erlaubt sich, einfach nur zu leben. Oder gar zufrieden mit dem Leben zu sein. Das haben dir sogar andere Mädchen gesagt, die du davor gar nicht gekannt hast. „Nie bin ich gut genug, immer versage ich vor mir selbst, ich bin nichts." Ansonsten wird über die Vergangenheit geschwiegen. Niemand würde es begreifen. Niemand würde dir glauben. Nur ein Geistlicher vielleicht.

Und dann bist du zu Pastor Jan gegangen. Ganze acht Jahre lang, einmal alle vierzehn Tage, hört er dir eine volle Stunde lang zu. Manchmal weinst du eine halbe

Stunde lang einfach, aber er hat stets ein Päckchen Papiertaschentücher dabei, aus dem immer eins rausschaut, damit es gleich zur Hand ist. Er ist vorbereitet. Fachlich geschult. Die einzigen Worte, die du von ihm hörst, sind: „Wie geht es Ihnen?“ am Anfang und zum Schluss: „Also dann in vierzehn Tagen.“ Du bist dankbar, dass er schweigt, du bist peinlich berührt von seinem Schweigen, im Schweigen kannst du nämlich ganz du selbst sein, die Antworten kommen durch die Stille. Dein heiliger Padre ist dein Geheimnis, du hast Angst um ihn, er ist dir ganz nah, wie sonst niemand. Du hast das Gefühl, nur er kennt dich wirklich. Er ist der Einzige, der sich professionell verhält und deine Grenzen immer respektiert und nie überschreitet – und auch die 60 Minuten nicht, die von der Versicherung bezahlt werden.

Einmal bittest du ihn um seine Notizen zu dir. Du stellst dir einen dicken Ordner vor, im Archiv zwischen weiteren Aufzeichnungen zu anderen Sonderlingen. Er hat keine. Merkt sich alles. Er ist deine wandelnde Vergangenheit. Du hättest ihn irgendwo einsperren und bewachen sollen, wie einen teuren Edelstein. Im Keller beim Fahrrad, und einmal alle vierzehn Tage zu ihm gehen, damit er dir erzählt, wer du aller warst. Du hast es nämlich schon vergessen. Er hat dir die Erinnerung ausgelöscht. Acht Jahre Löschen gegen acht Jahre Aufschreiben. Deine Vergangenheit existiert nicht mehr. Nur mehr in ihm. Am Anfang hat er dich gefragt: „Haben Sie keine Angst, dass die Kunst ihren hohen Wert verliert? Sind Sie bereit dafür?“ Du hast ihm gesagt, du seist bereit. Jetzt aber bettelst du. „Pastor Jan, könnten Sie mir etwas über mich erzählen? Damit ich mich nicht ganz vergesse?“ Angeblich geht das nicht.

Bruder ist Schwester, du bist nicht Ballerina

Endlich hast du es drauf und redest über deinen Bruder, also über deine Schwester, als Frau. Bringst nix mehr durcheinander. Man gewöhnt sich daran. Man gewöhnt sich an alles. Auch daran, dass nichts so ist, wie es scheint, dass Träume eine ganz andere Richtung einschlagen können, als du dir gewünscht hattest. Dass die Realität sich verformen und alles sein Aussehen und seinen Inhalt ändern kann.

Du bist neunzehn, hältst dein Maturazeugnis mit dem Absolutorium in der Hand, und dir wird klar, dass dir das rein gar nix bringt. Du hast dir alles ganz anders vorgestellt. Du hättest „die beste Ballerina auf der Welt" werden sollen. Hättest auf der Bühne stehen sollen, eine der weißen Untertassen sein, schön und erhaben. Aber das ist alles nur ein Hirngespinst von romantischen Amateuren! Von Leuten, die nie wirklich Ballett gemacht haben. Alle glauben, Ballett sei ne Kunst. Aber es ist nur erhaben aussehendes Turnen, ein System aus physischen und psychischen Regeln. Ja, vor allem psychischen Regeln! Und, wie Obal sagt, das System ist die Hölle.

Weißt du, warum Ballerinen nach außen hin so lieb, bescheiden, freundlich und unterwürfig sind? Weil sie dressiert wurden. Und weißt du, wie man Bärenjunge dressiert? Man wirft sie auf ne heiße Eisenplatte und vor lauter

Schmerz stellen sie sich auf die Hinterbeine und hüpfen herum, und das machen sie dann auf Befehl auch ohne die heiße Eisenplatte. Diese Erfahrung formt sie. Löscht ihren Instinkt. Schmerz und Angst konditioniert sie.

Im letzten Moment hast du alles kapiert. Diesen krassen Hunger nach einem andern Leben. Trotzdem wirst du immer das Gefühl haben, dass du versagt hast. Auch dein Papa wird sich das denken und sagen: „Jahrelang hast du dich abgemüht, und jetzt willst du nicht mehr tanzen. Ist dir nicht leid drum?" Nein. Klar ist dir leid. Konsequent machst du nen großen Bogen um die Schule, damit du ja nicht in die Nähe des Eingangs kommst und jemanden triffst, der dich acht Jahre lang bearbeitet hat. Lieber ziehst den Kopf ein, setzt die Kapuze auf und wechselst die Straßenseite. Diese Erniedrigung lässt sich nur schwer verdauen. Jahrelang liegt sie im Magen. Fuck. „Und du bist jetzt keine Ballerina mehr?", werden dich die Verwandten fragen. Fuck. Weißt du, dass der Höckerschwan auf Englisch *mute swan* heißt? Also stummer Schwan? Weil man ihn nicht hört. Maul halten, Schritt halten. Fuck. Die Einzige, die dir deine Entscheidung niemals vorwirft, ist deine Mama.

Vor dir liegen die schwersten Ferien deines Lebens. Zwei Monate Trauern. Zwei Monate Abschied nehmen. Zwei Monate totaler Exaltation. Du willst nicht mehr gepanzert, geblendet, taubgemacht, erstarrt, innerlich erhärtet sein. Es hat richtig lang gedauert, aber einmal ist es dann einfach an der Zeit, dann musst du zur Kenntnis nehmen, dass du jemand anders bist, als du bis jetzt warst. Dass du halt einfach nicht gewusst hast, dass das nicht du bist. Nicht deine Haut. Und auch nicht dein Körper, deine

Rolle, oder deine erträumte Identität. Dass es ein regelrechter Kampf sein kann, zu deinem wahren Ich vorzudringen.

Das Ballett hast du geliebt. Das ist jetzt vorbei. Trotzdem ist es schwer, sich davon zu lösen. So wie dein Bruder sich von seinem Penis trennen musste, um zu werden, wer er wirklich ist. Sich die Schwanenfedern ausreißen, das ist, verglichen mit dem Schwanz abschneiden, eigentlich ziemlich okay. Auch wenn es genauso wehtut. Innen drin halt.

Dein Heilungsprozess wird noch ein paar Jahre dauern, eigentlich dein Leben lang. Und nie verheilt das alles völlig. Du wirst nie mit derselben Begeisterung bei Schwanensee zuschauen können wie die alten Omas mit ihrem vergünstigten Senioren-Abo in Reihe sechs.

***

Aus deiner Schwester wurde eine professionelle Mykologin.

Die Washington Post hat dich in der Kategorie „Best in Contemporary Dance" ausgezeichnet, für ein Stück über deinen Bruder, der jetzt deine Schwester ist.

Aneta hat zwei Mädchen bekommen.

MIŘENKA ČECHOVÁ (*1982, Aš in Nordwestböhmen) ist Tänzerin, Choreographin, Regisseurin und Schriftstellerin. Nach ihrer Ausbildung zur Balletttänzerin am Prager Konservatorium studierte sie Alternatives und Nonverbales Theater in Prag, wo sie seither lebt und sich dem Bewegungs- und Performance-Theater widmet. „Tote Schwäne tanzen nicht" ist ihr Prosadebüt.

JULIA MIESENBÖCK (*1985, Freistadt, Oberösterreich) ist Literaturwissenschaftlerin und Übersetzerin. Sie lebt in Tschechien und Österreich, übersetzt zeitgenössische Prosa und Lyrik aus dem Tschechischen ins Deutsche und forscht im Bereich der Übersetzungswissenschaft. Gelegentlich verfasst sie auch eigene literarische Texte auf Tschechisch und Deutsch.

Titel der Orginalausgabe: *Baletky*

Die deutsche Ausgabe wurde vom

Ministerium für Kultur der Tschechischen Republik gefördert.

Die Deutsche Nationalbibliothek verzeichnet diese Publikation in der

Deutschen Nationalbibliografie; detaillierte bibliografische Daten sind

im Internet über http://dnb.d- nb.de abrufbar.

Anthea Verlag, Berlin

Lektorat: Anthea Verlag

Covergestaltung: Karla Pellegrini

Layout und Satz: Anthea Verlag

Gedruckt auf chlor- und säurefreiem Papier und gebunden bei

Jelgavas Typografia, Jelgava in Lettland.

ISBN 978-3-89998-442-2

anthea-verlag.de